바다숲

바다숲

김준호 소설

한평서재

차례

1. 죽음
   - 끝
   - 바다숲
   - 와주

2.
   -
   -

3.
   -
   -
   -

4.
   -
   -
   -

5.
-
-
-

6.
-

7.
-
-

8.
-
-

9.
-
-

1. 죽음

- 끝

 그렇게 데스틴은 자신의 삶을 마감하였다. 그는 차디찬 바람이 부는 동쪽 바다 위에 둥둥 떠 있었다. 몇 가닥 없는 희끄무레한 머리를 날리며, 관 뚜껑 위에 가느다란 팔을 얹었다. 어설프게 만들어진 것 같은 황갈색 관은 바닷물과 닿아 점점 짙은 검은색으로 변해갔다. 마스크를 쓴

채 숨을 헐떡이며 관을 동쪽 바다까지 질질 끌고 왔던 노인은, 그 고생이 인생의 마지막 고통이었다는 것을 이제야 깨달았다. 노인은 힘없이 관 속에 앉은 채로 동쪽 바다 위에 둥둥 떠 있을 뿐이었다.

 시간이 다 되었다는 것을 직감한 노인은 흐릿한 초점으로 멀리 있는 가족을 쳐다보았다. 데스틴은 손을 흔드는 아내와 딸을 마지막으로 눈에 담았다. 그는 하늘에 뜬 태양을 쳐다보며, 떨리는 손으로 관 뚜껑을 당겼다.

「끼익--」

 남은 힘이 얼마 없는 노인은 한 번에 뚜껑을 완전히 닫지 못했다. 이마저도 마음대로 되지 않는다는 생각에 세상 모든 것이 원망스러웠다. 하지만 이내 노인은 마지막 힘을 짜내어 가느다란 팔로 황갈색 관 뚜껑을 힘껏 당겼다.

「끽-」

 드디어 노인은 관 뚜껑을 완전히 닫으며 그의 마지막 소명을 다했다. 그의 아내 아무르와 하나뿐인 딸 슈와가 보는 앞에서, 이 노인은 죽음의 관 속에 갇혀 깊은 바닷속으로 잠겼다.

 '아… 이렇게 죽는구나….'

 노인은 죽음을 맞이한 채, 더욱 깊은 바닷속으로 가라앉았다. 서서히 사라져 가는 의식 속에서 데스틴은 본인의 일생을 다시 떠올려보았다.

 '살아왔던 모든 날이 힘들었고 고통스러웠지…. 나 혼자 평생 외롭게 살았고, 내 주변 모든 사람은 나를 저주했어. 하루하루 계속 버티면서 억지로 살았던 거야. 이 모든 게 다 내 입가의 상처 때문이야! 이런 개 같은 관 속에 갇혀 바닷속으로 잠길 때까지, 이놈의 빌어먹을 상처는 나를 끝까지 괴롭히는구먼.'

 죽는 순간까지 자신의 입가에 남아있는 상처를 저주하

며, 데스틴은 자신의 삶을 마감하였다.

 아내 아무르와 딸 슈와는 계속 손을 흔들며, 깊은 바닷속으로 사라져가는 죽음의 관을 향해 눈물을 흘렸다.

「당신의 전부를 사랑해요, 여보…. 슈와야, 마지막인데 아빠한테 인사해야지.」

「…… 미안, 아빠….」

 데스틴의 죽음의 관은 더욱 깊은 바닷속으로 사라져갔다.

「푸푸-- 쏴--- 푸푸 쏴아--」

「푸푸-- 쏴--- 푸푸 쏴아--」

 죽음의 관이 더는 보이지 않게 되자, 이제 동쪽 바다에 남은 것은 차가운 파도 소리뿐이었다. 데스틴을 꿀꺽 삼킨 바다의 트림 소리 뒤로, 그는 이제 이곳에 없었다.

- 바다숲

 원래 바다숲 사람들은 이렇게 죽음을 맞이한다. 온종일 쨍쨍한 해만 떠 있는 이 바다숲에는 수많은 사람이 태어나고 죽는다. 바다숲은 말 그대로 바다와 숲으로만 이루어져 있는 곳이다. 서쪽으로 가면 울창한 숲이, 동쪽으로 가면 드넓은 바다가 있다. 데스틴은 지금 죽음의 관에 갇혀, 동쪽 드넓은 바닷속 깊이 가라앉는 중인 것이다.

 모든 사람은 서쪽 울창한 숲속에 있는 한 우물에서 태어난다. 이 우물은 '탄생의 우물'이라고 불린다. 정확히 말하자면 탄생의 우물에서 작은 나무 상자가 떠오르고, 그 작은 상자를 열어보면 어김없이 아기가 들어있다. 서쪽 숲인데도 불구하고, 이 상자는 동쪽 바닷가에서 자라는 '모르트' 나무로 만들어졌다. 상자 안에 있는 아기를 데려가는 부부가 바로 그 아기의 부모다.

 사람들의 길흉을 점치는 점쟁이 포페트 할머니의 말에

따르면, 상자가 떠오르기 전날 서쪽 숲에서 '와주'라는 새의 지저귐 소리가 크게 들려온다고 한다. 와주는 무리를 지어 서쪽 숲, 동쪽 바닷가를 떠돌며 살아가는 새다. 이 와주의 지저귐은 다음 날 아기의 부모가 될 두 사람의 귀에만 들린다고 한다. 그래서 바다숲 사람들은 와주의 지저귐을 듣고, 다음 날 서쪽 숲 탄생의 우물가로 가서 자신의 아이를 만난다. 하지만 아기가 든 상자가 대체 어디서 오는지는 아무도 알지 못한다.

 반대로 바다숲 사람들은 데스틴처럼 동쪽 깊은 바닷속에서 죽게 된다. 마찬가지로 포페트 할머니의 말에 따르면, 죽기 전날 동쪽 바닷가에서 와주의 지저귐이 크게 들려온다고 한다. 이 와주의 지저귐은 다음 날 죽을 사람의 귀에만 들린다. 그 소리를 들은 사람은 서쪽 숲에서 울창하게 자라는 '뷔에' 나무로 자신이 들어갈 '죽음의 관'을 스스로 짜게 된다. 신기하게 뷔에 나무는 바닷물에 닿으면 색이 검게 변하고, 점차 바닷속으로 가라앉는다고 한다. 예고 없이 찾아오는 와주의 지저귐 소리를 누군가는 두려워하기도, 누군가는 반가워하기도 한다.

 관을 다 짜고 나면, 평생 자신이 키우던 물망초를 엮어 목걸이를 만들어야 한다. 모든 바다숲 사람은 어릴 때부터 죽을 때까지 집에서 자신의 물망초를 기른다. 그 물망초를 엮어서 만든 목걸이는 '미오조티스'라고 불린다. 물망초를 이어서 그대로 엮은 목걸이라 줄기와 잎이 뾰족하고 거칠어 목에 걸 때 아프다고 한다. 하지만 죽기 직전에 그 정도 아픔을 누가 불평하겠는가.

 이렇게 모든 바다숲 사람은 본인의 죽음을 맞이할 때 두 가지를 준비한다. 죽음의 관과 미오조티스 목걸이, 이 두 가지다. 이것들을 하루 만에 모두 준비하는 것은 결코 쉬운 일이 아니다. 하지만 죽음은 온전히 받아들여야 하는 것. 그늘은 죽기 전날 최선을 다해 바다숲을 떠날 채비를 한다.

 데스틴도 죽기 전날, 동쪽 바다에서 와주의 지저귐 소리를 들었다. 그도 서쪽 숲에서 뷔에 나무를 구해 스스로 죽음의 관을 짜고, 평소 자신이 키우던 물망초를 엮어 미오조티스 목걸이를 만들었다. 그리고 그가 죽는 날, 그는 목걸이를 한 채로 동쪽 바다까지 관을 끌고 갔다. 그리고 죽음의 관에 스스로 들어가 바닷속으로 잠기게 된 것이다.

 탄생의 우물에 떠올랐던 상자 속의 아기 때부터 죽음의 관에 갇힌 노인이 될 때까지 바다숲 사람들은 태어나고, 자라고, 사랑하고, 죽는다. 데스틴도 그 중 한 명일 뿐이다.

- 와주

 바닷속 깊이 그 끝에 다다른 노인은 점점 죽음의 영역에 가까워져 갔다. 기차가 종착역에 도착한 듯 모든 것이 고요하게 멈췄다.
 '이렇게 나는 끝이구나.'
 데스틴은 죽음을 오롯이 받아들이지 못했다. 죽음은 결국 모든 이를 찾아온다. 그 누구도 죽음을 막을 수는 없다. 완전히 사라져가는 노인의 의식 속으로 칼처럼 뾰족하고 날카로운 소리가 들려왔다. 이 소리는 노인의 목에 걸려있는 미오조티스 목걸이만큼이나 뾰족하고 거칠었다.

「찌지직- 찍찍- 찌---」

 '무슨 소리지?'

고막을 찌를 것만 같은 뾰족한 소리가 들렸다. 커다란 두려움이 데스틴을 엄습했다. 이제부터 죽음의 고통이 시작될까 무서웠다.

「찌지직- 찍찍- 찌---」

'이것이 바로 죽음인가? 대체 무슨 소리지?'
 날카로운 소리가 들리는 동시에 데스틴은 본인이 입고 있던 옷, 얼굴에 쓰고 있던 마스크까지 걸치고 있던 모든 것이 깊은 바닷물에 녹아 사라지는 것을 느꼈다. 몸도 곧 녹아 없어질까 걱정했지만, 피부에는 아무런 느낌이 없었다. 걸치고 있던 모든 것이 녹으니 오히려 마음이 편안해졌다. 마치 인생의 굴레를 벗어던진 느낌이었다. 하지만 단 한 가지 물건은 녹지 않고 그대로였다. 그것은 바로 미오조티스 목걸이었다.
 그가 다시 정신을 차리고 자세히 들어보니, 그 날카로운 소리는 바로 와주의 지저귐 소리였다.

'맞아. 내 딸 슈와를 만나기 전날, 그리고 내가 죽기 전 어제 들었던 그 와주의 소리구나.'

「찌지직- 찍찍- 찌---」

고통스럽게 귀를 괴롭히던 소리가 점점 더 어지러운 소리로 바뀌어 갔다. 마치 소리를 잡고 끌어당기는 중력이 변해 소리가 뒤집히는 느낌이었다. 데스틴의 의식은 더욱 흐려져 갔다. 지금 깊이 잠드는 것인지, 의식을 점점 잃어가는 것인지 구분되지 않았다.
 바닷물이 가득 찬 죽음의 관 속에서 울리는 와주의 지저귐 소리는 곧 사람의 언어로 바뀌어 노인의 귓가에 닿았다.

「여기는 가장 깊은 곳이다.」
「누구시오? 내가 죽은 것이오?」

웅장한 울림의 음성을 들은 데스틴은 두려움에 눈을 질끈 감은 채, 떨리는 목소리로 질문하였다.

「데스틴, 그대는 죽었다. 죽음의 한 가운데에서 나의 음성만 들릴 것이다.」
「역시 나는 이미 죽었구나. 그럼 나는 이제 어떻게 되는 거요?」
「그대는 이제 밤의 바다숲으로 갈 것이다.」
「밤의 바다숲? 내가 살았던 바다숲이 아니오?」
「지금까지 그대가 살았던 곳은 낮의 바다숲. 매일 지지 않는 태양이 떠 있고 시간이 저절로 흘러가는 세상, 그곳이 낮의 바다숲이다.」
「그러면 밤의 바다숲은 무엇이오?」
「밤의 바다숲은 낮의 바다숲과 정반대의 세상이다. 매일 지지 않는 달이 떠 있고 시간이 거꾸로 흘러가는 세상, 그곳이 밤의 바다숲이다.」

데스틴은 흔들리는 의식 속에 들려오는 음성이 믿어지지 않았지만, 떨리는 목소리로 계속 질문을 이어나갔다.

「시간이 거꾸로 흐른다는 것이 무슨 말이오?」
「그대는 이미 죽었다. 그대가 가지고 있는 것은 늙은 몸뚱이, 그리고 목에 걸치고 있는 미오조티스 목걸이뿐이다. 그 목걸이는 깊은 바닷속에서 녹지 않고, 그대로 그대와 함께 가라앉은 것이다. 바다 끝까지 관이 가라앉으면, 그 즉시 관은 밤의 바다숲 서쪽 바다에서 떠오른다. 그때 그대는 다시 생명을 부여받을 것이다. 끝이 있으면 시작도 있는 법. 지금 그 늙은 몸뚱이를 그대로 가지고 다시 태어나는 것이다.

밤의 바다숲은 거꾸로 시간이 흘러가는 곳, 죽기 직전 노인의 순간으로 태어나 다시 아기가 될 때까지 그대가 낮의 바다숲에서 겪은 모든 일생의 경험들을 똑같이 거꾸로 겪게 될 것이다. 이미 살았던 인생을 변하는 것 없이 그대로 다시 겪는 것이니, 걱정하지 말라.

단 한 가지 다른 점은 지금 녹지 않고 그대로 있는 미오조티스 목걸이를 한 채로 거꾸로 살아가는 것이다. 평생 키운 물망초로 만든 그 목걸이는 일생의 모든 기억을 간직해주는 특별한 목걸이이다. 이 목걸이를 한 채로 다시 태어나 그대가 살았던 인생, 그대가 겪은 모든 경험, 그대가 만난 모든 사람을 다시 만나게 될 것이다. 이 깊은 바닷속에서 녹지 않는 것은 오직 몸뚱이와 그 목걸이뿐이다. 이제 그 목걸이를 하고 그대의 일생을 거꾸로 살아라. 대신 밤의 바다숲에서 물망초를 키울 일은 없다. 그곳에서의 물망초는 한 송이씩 꽃이 질 뿐이다. 그대의 할 일은 모든 일을 다시 겪는 것, 그뿐이다. 곧 그대는 밤의 바다숲 언어를 말하고 들을 것이다. 잘 가거라.」
「내가 왜 힘들고 고통스러웠던 인생을 다시 살아가야 하는 것이오? 내가 뭘 잘못했다고! 떠올리고 싶지도 않은 내 인생을 왜 다시 살아야만 하는 거요?」

데스틴은 혀와 귀에 커다란 통증을 느꼈다. 아까 어지럽게 뒤집혔던 소리처럼, 그의 혀와 귀가 뒤집히는 느낌이 들었다.

「찌지직- 찍찍- 찌---」

다시 귀를 찌르는 와주의 지저귐 소리가 들려왔다. 커다란 통증에도 굴하지 않고, 심장이 터질 만큼 답답했던 데스틴은 소리를 질렀다.

「내가 왜 똑같은 삶을 살아야 하는 것이오? 이 더럽고 추악한 상처뿐인 내 삶을 말이오!」
「찌지직- 찍찍- 찌---」

그의 귀에 더는 사람의 언어가 들리지 않았다. 그저 와주의 지저귐이 다시 들릴 뿐이었다.
데스틴은 탄생을 오롯이 받아들이지 못했다. 탄생은 결국 모든 이를 찾아온다. 그 누구도 탄생을 막을 수는 없다. 모든 이와 이별했던 데스틴은 다시 만남을 준비해야 했다. 그의 소명은 이렇게 다시 시작되었다.

 그렇게 데스틴은 답답하고 슬픈 마음을 가진 채, 물의 흐름에 몸을 맡겼다. 끝없이 깊이 내려만 갔던 죽음의 관은 어느 순간 점점 다시 위로 떠 올랐다. 노인은 그저 관 속에 갇혀 점점 떠오를 수밖에 없었다.

1. 죽음
   - 끝
   - 바다숲
   - 와주

2. 첫 번째 꽃: 노년기
   - 평범한 노인
   - 입가의 상처

3.
   -
   -
   -

4.
   -
   -
   -

5.
-
-
-

6.
-

7.
-
-

8.
-
-

9.
-
-

2. 첫 번째 꽃: 노년기

- 평범한 노인

「쑤쑤-- 쏴--- 쑤쑤 쏴아--」

'무슨 소리지?'

데스틴에게 익숙한 소리가 들려왔다. 굳건하게 닫힌 관 속에는 빛줄기 하나 들어오지 않았다. 너무 어두컴컴해 눈을 뜬 것인지, 감은 것인지 몰랐다.

「푸푸-- 쏴--- 푸푸 쏴아--」

'이 소리는 파도 소리가 아닌가?'
데스틴은 소리만 듣고, 이곳이 자신이 있던 바다인 것을 직감했다.

「…… 미안, 아빠….」
「당신의 전부를 사랑해요, 여보…. 슈와야, 마지막인데 아빠한테 인사해야지.」

'누구야, 누가 말하는 거야?'
데스틴은 자신이 들어있는 죽음의 관이 바다 위로 쑥 올라와 있다는 것을 알아챘다. 관 뚜껑을 열고 싶은 데스틴은 몸을 일으키려 했지만, 그의 몸은 말을 듣지 않았다.
'왜 몸이 마음대로 움직이지 않지?'

갑자기 데스틴의 팔이 멋대로 움직여 관 뚜껑을 반 정도 열었다.
 '뭐야, 왜 몸이 멋대로 움직여?'
 곧바로 데스틴의 팔이 또 멋대로 움직이며 관 뚜껑을 전부 열었다.
 '이건 내 몸이 아닌가? 왜 멋대로 움직이지?'
 데스틴은 자기도 모르게 일어나 앉았다.
 '여기는 어디지?'
 데스틴이 뚜껑을 열고 처음 본 것은 어두컴컴한 하늘과 밝게 떠 있는 달이었다.
 '여기가 바로 밤의 바다숲인가?'
 평생 처음 보는 어두컴컴한 하늘 때문에 자신이 어디에 있는지 쉽게 파악하지 못했다. 곧이어 한없이 크고 넓은 바다가 그의 눈에 들어왔다. 데스틴의 관은 바다 한가운데 떠 있었다. 게다가 목을 따갑게 만들었던 뾰족하고 거친 미오조티스 목걸이, 얼굴에 쓰고 있었던 마스크 그리고 자신이 입었던 옷이 그대로 몸에 걸쳐져 있었다. 주위를 살펴보니 저기 멀리 육지가 보인다. 바로 데스틴이 바닷속에 잠기기 전 마지막으로 발을 디뎠던 그 육지였다. 육지에는 두 사람이 손을 흔들고 있었다.

'누구지? 대체?'

데스틴은 주변이 어두워 누가 손을 흔들고 있는지 한 번에 알아채지 못했다. 하지만 밝은 달빛 덕분에 곧 두 사람이 누구인지 알게 되었다.

'저건 아무르와 내 딸 슈와 아닌가? 아무르! 슈와! 여기에 어떻게 있는 거야? 그리고 이 어두운 곳은 또 어디란 말인가? 이게 어떻게 된 거지?'

데스틴은 답답한 나머지 큰 소리로 아내 아무르와 딸 슈와에게 모든 것을 묻고 싶었지만, 입은 움직이지 않고 목에서는 아무런 소리가 나지 않았다.

'여보, 내 말 들리오? 슈와야, 아빠 말이 들리니?'

데스틴은 다시 큰소리로 아내와 딸을 부르고 싶었지만 여전히 입은 움직이지 않았고, 소리는 전혀 나지 않았다.

'아, 여긴 밤의 바다숲이지. 이미 내가 했던 행동들만

여기서 펼쳐지는 것이구나. 지금 하고픈 말이나 행동을 내 마음대로 할 수 없구먼.'

다시 황갈색으로 변한 데스틴의 관은 점점 육지 쪽으로 흘러갔다. 데스틴은 죽기 직전에 자신이 관 뚜껑을 두 번에 걸쳐 닫았다는 것을 떠올렸다. 그리고 주변을 둘러본 행동까지 모두 기억났다. 지금은 그때 했던 행동을 거꾸로 할 뿐이라는 것을 깨달았다. 그는 밤의 바다숲 세상에서 멋대로 행동할 수 없다는 것을 깨닫고는 큰 실망에 빠졌다.

죽음의 관은 육지에 닿았고, 데스틴은 그 관에서 나와 뒷걸음으로 육지에 올라갔다.

'내가 왜 뒤로 걷고 있지?'

데스틴은 뒷걸음으로 아무르와 딸 슈와에게 다가갔다.

'참, 시간이 거꾸로 흐른다고 했지. 내가 한 행동들도 전부 거꾸로 다시 하는 거구나.'

「먼저 가오. 저렇게 끝까지 말 한마디 없는 딸과 부디 잘 지내시오.」

데스틴은 아내와 딸에게 등을 보인 채, 눈도 마주치지 않았다.
 '아차, 이건 내가 죽기 직전에 마지막으로 한 말이지? 내 마지막 유언이 이따위 말이었나…. 내가 가족을 쳐다보지도 않았구나.'

「당신처럼 서쪽 바다로 곧 따라갈게요. 슈와는 걱정하지 말고 나중에 봐요, 여보.」
「…….」

 아무르는 죽음을 앞둔 데스틴을 안심시키기 위해 위로의 말을 건네었다. 딸 슈와는 그저 묵묵히 서 있기만 할 뿐이었다.
 '맞아, 그래도 아내는 마지막까지 나를 위로했었구먼. 그런데 왜 서쪽 바다라고 하는 거지? 서쪽에는 숲이 있는데 말이야. 그리고 내가 딸에게 마지막 한마디도 남기지 않았던가?'

'여보! 여보! 슈와야!'

데스틴은 큰 목소리로 말을 걸고 싶었지만, 밤의 바다숲에서는 아무런 행동을 할 수가 없었다. 그리고 데스틴은 아내가 동쪽 바다를 서쪽 바다라고 칭하는 이유를 알 수 없었다.

'그래. 난 아무것도 할 수가 없지….'

몸이 저절로 움직이는 것을 그대로 지켜봐야만 하는 데스틴은 답답하면서 허탈했다. 데스틴은 관을 붙잡고, 가족과 함께 살고 있던 에드가 마을을 향해 뒷걸음질을 쳤다. 그 모습은 참 이상했다. 마치 황갈색 관이 힘없는 데스틴을 끌고 가는 듯한 모습이었다. 관은 모래 위에 그려져 있던 관 자국을 그대로 지워가며 데스틴을 끌고 갔다. 뒷걸음질을 치는 데스틴의 빌은 모래 위의 모든 발자국을 하나, 하나 정확히 포개었다. 발자국에서 발이 떨어지면 모래 위는 아무런 흔적도 없이 깨끗해졌다. 데스틴은 뒤로 걸어가는 것이 어색했지만 할 수 있는 것은 아무것도 없었다.

세 명 모두 뒤로 걸어가는 동안 아무런 말도 하지 않았다.

'내가 죽으러 가기 직전까지 우린 아무런 말도 하지 않았구먼. 내가 먼저 가족들에게 말을 해야 했나? 아냐, 나도 어쩔 수 없었어. 누가 죽음을 앞두고 그렇게 여유를 부리겠어? 난 처음 죽어보는데 말이야. 난 이때까지도 이놈의 입가 상처를 저주할 수 밖에 없었어. 그럴 수 밖에 없었다고….'

데스틴은 바닷가에 있는 나무들을 지나치며 뒤로 걸었다. 뒤에 뭐가 있을지 몰라 나무와 부딪힐까 처음에는 무서웠다. 하지만 발은 발자국을 지우며 왔던 길을 되돌아갈 뿐 위험한 것은 단 하나도 없었다. 데스틴은 점점 뒤로 걷는 것에 적응해갔다.

데스틴 가족은 드디어 에드가 마을에 도착하였다. 마을에는 수많은 마을 사람들이 마중을 나와 있었다.

'그랬었지, 마을 사람 모두가 나와 나에게 인사를 했었지.'

「…….」

「데스틴, 그동안 고마웠네. 조심히 가게나. 자네는 마지막까지 그 마스크를 쓰고 가는 건가?」

 마을 식료품점 주인 아미가 큰 목소리로 말을 했다.
 '그래, 나는 저놈의 말에 아무런 대답을 하지 않았지. 저놈은 평생 내 입가의 상처를 흘겨봤어. 저런 놈한테는 대답할 필요가 없었어. 지금 생각해도 참 잘했군. 내가 죽을 때까지 마스크를 쓰든 말든, 지가 뭔 상관이야!'

「…….」

「자네 왔나?」

 주변에 마을 사람들이 많았지만, 마치 아미가 대표가 된 것처럼 혼자서 데스틴에게 인사말을 건넸다. 그가 대표라기보단 다들 데스틴과 인사하기를 꺼리는 것 같았다. 유일하게 아미만이 멋쩍게 인사할 뿐이었다. 마을 사람들은 뒤로 걸으며 각자 왔던 길로 사라져갔다.

 거꾸로 가는 세상의 움직임들은 모조리 어색하고 이질적인 것들뿐이었다. 심지어 무서워 보이기까지 했다. 하지만 어찌 된 것인지 사람의 말소리만큼은 거꾸로 들리지 않고, 제대로 된 말소리로 들렸다. 이제 데스틴은 혀와 귀의 통증이 완전히 사라졌다.

 마을 사람들이 멀어지는 것을 본 데스틴도 다시 뒷걸음질로 집을 향했다.

 '참, 뒷걸음질로 살아가는 것도 쉬운 게 아니구먼.'

 그는 뒷걸음질로 집까지 걸어오며 에드가 마을의 여러 건물을 보았다. 늙은 몸으로 걷고 또 걷는 것은 결코 쉬운 일이 아니었다. 그의 피부는 땀방울을 끊임없이 흡수했고, 데스틴은 다리를 떨면서 걷고 또 걸었다.

 '낮의 바다숲에 있는 에드가 마을과 다른 게 하나도 없구나. 하지만 어두워서 잘 보이지는 않는구먼.'

 시력이 좋지 않은 데스틴은 눈이 더 어두워진 느낌이 들었다. 고개를 돌린 데스틴의 눈에 저 멀리 시장 입구에 있는 아내의 허름한 채소가게가 보였다.

「아니! 내가 오늘 죽더라도 그런 누추한 시장 바닥은 갈 수 없소.」

데스틴의 미간이 찌푸려졌다. 흐릿하지만, 저 멀리 가게 입구에 펄럭이는 초록색 커튼만 봐도 아내의 채소가게인 것을 알았다. 데스틴은 고개를 휙 돌렸다.

「여보. 항상 말해왔듯이 내 마지막 소원이에요. 바다에 가기 전에 내 가게에 한 번만 들릅시다.」

아내 아무르의 간질한 마지막 요청에도 데스틴은 무심하게 딱 잘라 거절하였다.
 '이제 죽으러 가는 마당에 내가 무슨 볼일이 있다고…. 나 같은 사람이 어떻게 시장 바닥에 가? 아내의 억지는 도통 이해할 수가 없구먼.'

결국, 데스틴의 가족은 집에 도착했다. 집에 들어가니 창가에 비치는 밝은 달빛이 집안을 환하게 비추고 있었다.

 '주변은 이렇게 어두운데, 해와 같은 것이 하얗게 떠 있구나. 저 달빛으로 다들 살아가는 건가? 여긴 어두워서 더 좋구먼. 입가의 상처를 더 잘 가릴 수 있겠어.'

 집에 도착하자마자 데스틴은 고개를 숙여 미오조티스 목걸이를 쳐다보았다. 목에 걸친 꽃목걸이는 정말 화려하고 아름다웠다. 역시나 자신과는 전혀 어울리지 않는 것 같았다. 왠지 늙은 자신이 더욱 초라해지는 것만 같았.

 목걸이에 장식된 꽃은 모두 일곱 송이였다. 이것은 전부 데스틴이 낮의 바다숲에서 키운 물망초를 엮어 직접 만든 것이다. 줄기를 따라 이어진 일곱 송이의 꽃은 세상을 향해 활짝 피어있었다. 그 꽃잎의 색은 짙고 푸른 바닷빛이었고, 줄기들은 서로 튼튼하게 엉켜 목걸이의 형태를 잘 유지했다. 하지만 화려한 꽃목걸이의 결은 전혀 곱지 않았다. 뾰족한 줄기와 잎이 계속 목 주변을 따갑게 하며 데스틴을 귀찮게 했다.

'맞아, 내가 집을 나서기 직전에 미오조티스 목걸이를 목에 걸쳤었지?'

그는 곧 자신이 목걸이를 빼서 내려둘 것으로 생각했다. 하지만 그는 벗는 시늉조차 하지 않았다. 목걸이는 그대로 데스틴의 목에 걸려있었다.

'어라? 이 따가운 목걸이를 왜 안 빼지? 난 분명 집을 나서기 직전에 목걸이를 둘렀는데?'

이때 데스틴은 깊은 바닷속의 음성이 기억났다.

'참, 미오조티스 목걸이를 걸친 채로 거꾸로 살아가야 한댔지? 이 귀찮을 것을 왜 매일 두르고 살아야 하지?'

데스틴은 목걸이를 다시 만져보려 했지만 마음대로 움직일 수 없었다. 한순간도 마음대로 움직일 수 없는 것이 답답해 미칠 지경이었다.

'매일 이렇게 정해진 대로 살아야 하나? 이게 무슨 의미가 있을까. 내 마음대로 행동도 할 수 없는 곳에서 말이야.'

매 순간 목을 따갑게 만들어오는 미오조티스 목걸이가 원망스러웠다.

 '죽기 직전이나 잠시 두를 만하지, 이렇게 따가운 것을 어떻게 평생 목에 두르고 다닌담? 평생 이 따가운 고통을 참아내라는 뜻일까?'

 체념한 데스틴은 몸이 움직이는 대로 뒷걸음질을 칠 뿐이었다.

 '참, 뒤로 걷는 것도 이제 익숙해지는구나. 나는 도대체 왜 밤의 바다숲에 와서 똑같은 삶을 살아야만 하는 것일까?'

 그는 자신이 살았던 힘든 삶을 그대로 다시 살아야 했다. 데스틴은 또 죽고 싶었지만 이젠 죽을 수도 없었다.

- 입가의 상처

 데스틴은 방 안에 있는 큰 거울 앞에 섰다.

 '그래, 집을 나서기 전에 마지막으로 거울을 쳐다보았지.'

 그는 낮의 바다숲에서 했던 행동과 똑같이 자세히 거울을 쳐다보았다. 거울 속엔 새하얀 마스크를 쓴 노인이 보였다. 순백의 마스크는 그 속에 엄청난 것을 숨기고 있었다. 마치 하얗고 아름다운 성 안에 추악한 괴물 하나를 숨겨둔 것 같았다. 그는 검버섯이 가득한 손으로 마스크를 벗었다. 거울은 성문을 열고 괴물의 모습을 공개했다. 그의 입가에는 믿도 안 되게 큰 상처가 있었다. 입 주위에는 마치 채찍을 맞아 찢어져 생긴듯한 흉측한 흉터들이 즐비했다. 거무죽죽한 입술 가운데는 위아래로 뭔가에 찍힌 자국이 있었고, 입술 양쪽 끝에는 또 위아래로 찢어진 상처들이 줄지어 있었다. 입술에서부터 입 주변까지 연결된 상처들은 하나도 빠짐없이 모두 흉측했다. 워낙 징그러운 상처들이 많아서 인중과 턱 위에서 곪아 터진 흉 따위는 눈에 띄지도 않았다.

 입술 왼쪽으로는 무언가에 쓸린 듯한 상처들이 곡선을 그리며, 길게 볼까지 남아있었다. 오른쪽 입술은 더 심했다. 입술의 선이 부드럽게 떨어지지 않고, 단면이 잘린 것처럼 뚝 끊겨있었다. 늙어서 생긴 수많은 얼굴 주름보다 늘어서 있는 끔찍한 상처들이 눈에 확 띄었다.

 '이놈의 상처, 밤의 바다숲에서도 사라지지 않고 나를 괴롭히겠구나. 이 상처를 줄곧 보며 또 살아야 한다니… 제길! 지금 당장 죽고 싶어도 그럴 수가 없구나….'
 데스틴의 마음속에 슬픔과 분노, 그리고 절망이 가득 차려는 순간 그의 머릿속에 한 가지 생각이 번뜩였다. 입가에 생긴 상처의 원인을 이곳에서 찾을 수 있겠다는 생각이었다. 낮의 바다숲 인생과 달리 밤의 바다숲에서는 새로운 목표가 생겼다.

 '내 인생을 망친 입가의 상처! 이 상처가 생긴 원인을 꼭 찾고 말겠어. 분명 어릴 때 생겨서 기억나지 않지만, 다시 거꾸로 살아가면서 꼭 그 원인을 찾아내겠어! 내가 다시 태어난 이유는 바로 이거야.'

 데스틴은 마음속으로 굳건한 분노의 다짐을 하며, 시간이 거꾸로 흘러가는 밤의 바다숲의 인생에 몸을 맡겼다. 이때 미오조티스 목걸이의 꽃 한 송이가 꽃잎을 오므리며 단단한 꽃봉오리로 변했다.

1. 죽음
   - 끝
   - 바다숲
   - 와주

2. 첫 번째 꽃: 노년기
   - 평범한 노인
   - 입가의 상처

3. 두 번째 꽃: 중년기
   - 그림을 지우는 사람
   - 웃지 않는 사람
   - 두 개의 관

4.
   -
   -
   -

5.
-
-
-

6.
-

7.
-
-

8.
-
-

9.
-
-

3. 두 번째 꽃: 중년기

- 그림을 지우는 사람

 시간의 흐름이 그의 인생을 끊임없이 되감을수록 그는 자신의 다짐을 항상 마음속에 되뇌었다. 하지만 본인의 의지와 상관없이 몸을 움직이는 게 좀처럼 적응되지 않았다. 그가 처음 견디기 힘들어했던 것은 매일의 식사시간이었다. 그는 항상 방에서 조용히 혼자 식사했다. 차라리 혼자 먹는 것이라 더 나았을까 싶지만 그것은 중요하지 않았다. 그가 먹었던 음식과 물을 매번 내뱉어야 했기 때문이다. 테이블 위로 내뱉는 음식물은 다시 원래의 요리 형태를 되찾아 갔다. 음식물을 만들어내는 입과 그 음식을 찍어 접시로 나르는 포크는 마치 신비의 요리 기구 같았다. 평생 요리라는 걸 해본 적도 없는 데스틴은 신비의 도구로 매일 요리를 만들었다. 매일 토하며 음식을 만드는 이 기적의 요리사는 그날 했던 다짐을 되새기며 참아내고 또 적응해나갔다.

데스틴은 이제 뒤로 걷는 것이 당연해졌다. 마치 앞으로 걷는 법을 잊은 것처럼. 그의 시야에 들어오는 모든 것이 그에게서 항상 멀어져갔다. 가진 것을 점차 잃는 것 같았다. 어떤 것을 잃거나, 어떤 것한테서 멀어지는 것에 적응했다. 하지만 뒤로 걷는 그의 등 뒤에, 보이지 않는 많은 것들이 자신을 향해 다가오는 것을 그는 알지 못했.

그의 눈앞에 펼쳐지는 광경은 신비로웠다. 깨진 그릇도 순식간에 붙어 제 모습을 찾고, 떨어진 나뭇잎은 하늘로

솟구쳐 올라가 나뭇가지에 앉았다. 들판에 활짝 핀 아름다운 꽃들은 점점 꽃잎을 오므리며 꽃봉오리가 되었다. 마치 모든 것이 제자리로 돌아가는 것처럼 보였다. 데스틴은 자신의 인생도 제자리로 돌아가는 것인지 궁금했다.

시간이 흐르면서 데스틴은 이곳의 장점을 하나 알게 되었다. 항상 거북이처럼 느려서 답답했던 몸의 움직임이 조금씩 빨라졌다. 쭈글쭈글한 자신의 손등 주름도 이전보다 더 잘 보였다. 자세히 보니 살갗 위에 있던 검버섯들이 많이 사라졌다. 데스틴의 시력은 조금씩 좋아졌고, 깡마른 몸에는 근육이 아주 약간 늘어났다. 하지만 그래봐야 그건 늙은 몸뚱이였다.

흐릿했던 주변이 조금 선명해졌다. 매일 자신을 귀찮게 하던 목걸이가 오랜만에 보였다. 신기하게도 보이지 않던 꽃봉오리가 하나 있었다. 세어보니 활짝 핀 꽃이 여섯 송이로 줄어있었다. 바닷빛을 띠는 여섯 송이의 꽃들과는 다르게, 옅은 초록빛의 꽃봉오리는 수줍게 망울이 져 있었다.

 '꽃 한 송이가 꽃봉오리로 변했구나. 시간이 갈수록 꽃이 꽃봉오리로 되돌아가는 건가? 가면 갈수록 목걸이의 꽃은 점점 사라지는 건가?'

 의문이 미처 해결되기 전에 그는 달빛이 내리쬐는 방 안의 벽을 쳐다보았다. 쳐다보기 싫어도 눈은 저절로 그 벽을 쳐다보았다. 힘없는 눈으로 멍하게 바라본 것은 바로 젊었을 때 그가 벽에 그린 그림이었다. 액자에 그림이 걸려있는 것이 아니라 딱딱한 벽 위에 그림이 그려져 있었다. 예전보다 사물이 약간 더 잘 보이는 느낌이 들었다.

 '이제 앞이 조금 더 잘 보이는구먼. 원래 벽의 그림이 이랬었나? 내가 그려놓고도 잊고 있었네.'

 그는 잠시 선명한 세상을 잊고 있었다. 분명 매일 봤던 그림인데 마치 처음 보는 것 같았다. 심지어 본인이 그린 것인데도 말이다.

 벽에는 크고 화려한 미술관이 그려져 있었다. 하늘 높이 무섭게 뻗은 나무들이 미술관을 감싸 안았고, 미술관 안에는 여러 개의 그림 작품들이 걸려있었다. 미술관 입구 양쪽에 서 있는 새하얀 두 기둥은 크고 웅장했고, 기둥 위에는 에메랄드빛 고급 천이 장식되어 있었다. 세상에 존재하지 않을 것만 같은 상상 속 건물을 정교한 사진처럼 그려놓은 것 같았다. 오래된 벽이지만 그려진 그림만큼은 상태가 좋았다.

'내 그림이 이렇다고? 나도 늙어서 벽을 계속 쳐다봤었나 보군. 참, 주책이야. 나 따위가 무슨 꿈을 이룬다고. 전시회는 얼어 죽을. 매달 벌어 먹고살기도 힘들었는데… 어릴 때 꾸는 꿈은 그냥 꿈일 뿐이야. 저주받은 내 삶에 꿈은 무슨… 저주받은 삶을 사느라 이루지도 못할 줄 알았으면, 차라리 꿈을 그리지도 않았을 거야!'

그는 벽에 그려진 꿈을 보며 화가 났지만, 그의 표정은 하나도 변하지 않았다. 멍하니 벽을 쳐다보고 있을 뿐이었다.

원래 데스틴의 직업은 화가였다. 평생 집 밖에도 잘 나가지 않는 사람이었고, 항상 방 안에만 박혀 그림만 그리며 생계를 책임졌다. 장에 나가 그림을 파는 일은 아내 아무르의 몫이었다.

「네, 주의할게요.」
「다음부터는 절대 이 가격에 팔지 마시오!」
「…….」

 데스틴은 아내에게 버럭 화를 내었다. 마스크로 다 가릴 수 없는 그의 수많은 주름이 지진이 난 듯 흔들렸다. 하지만 백발이 성성한 아내의 표정은 의외로 차분했다. 이윽고 그는 무심한 표정을 지었다. 아내는 말없이 남편의 손바닥 위에 있는 돈을 가져갔다. 그리고 돈을 남편에게 보여주었다.
 '다시 봐도 어이가 없군, 아내가 내 그림을 이 푼돈에 팔았다니 말이야.'

「이것 밖에 못 받았소? 얼마나 열심히 그린 그림인데,

고작 이 푼돈에 팔았소?」
「여기 돈이에요.」

 아내는 돈을 주머니에 집어넣고, 조용히 방문을 닫고 나갔다. 그때 노크 소리가 들렸다.

「똑똑- 저 왔어요.」

 데스틴은 고개를 돌려 하얀 캔버스를 쳐다보았다. 마치 누군가를 기다리듯 아무것도 하지 않고 멍하니 빈 캔버스만 바라봤다.
 '이런 식이면 그림도 열심히 그릴 필요가 없었어. 내 인생을 얼마나 낭비했는지…. 돈은 빌어야 하고, 사람들의 수준은 떨어지고. 내겐 도저히 다른 방법이 없었어.'
 시계의 시침과 초침은 한 치의 오차도 없이 거꾸로 돌고 또 돌아갔다.
 어느 날 아내가 그림을 들고 방으로 들어왔다.

「다녀올게요.」

「요즘 사람들은 예술을 몰라, 수준이 떨어져서 원….」

데스틴은 혀를 끌끌 차며 화를 내었다.

'여기서는 아내가 내 그림을 들고 와서 나에게 건네주는구나. 마치 내가 내 그림을 사는 것 같구먼. 그것도 푼돈으로 말이야.'

「네… 요즘 뜸하네요. 이번 그림도 시간이 조금 걸릴 것 같아요.」

「참, 저번에 그림 두 개 사 갔던 양반은 요즘 뜸하나?」

'맞아, 내 그림을 자주 사 가던 수준 높은 양반이 있었지. 이제 생각해보니 누군지 참 궁금하구먼. 세상 사람들 수준이 그의 반만이라도 따라갔다면 참, 쯧쯧.'

아내는 데스틴에게 그림을 건네주었다.

「네, 주세요.」

「자.」

 그림을 건네받은 데스틴은 그 그림을 아내에게 보여주었다. 아내는 밭을 향해 집을 나섰다.

 데스틴은 말없이 완성된 그림을 이젤 위에 올려놓았다. 벽에 그렸었던 정교한 미술관 그림과는 달리 이 그림은 무언가 복잡해 보였다. 누가 봐도 무엇을 그린 것인지 모를 정도로 이상했다. 어떤 곳의 지도 같기도, 풍경화 같기도 했다. 그림의 한 가운데에는 어두운 갈색의 덩어리가 그려져 있었고, 전체적인 분위기는 매우 음침했다. 갈색 덩어리 뒤로 검은 선들이 휘어진 듯 자라나 있었다. 어두운 색채 때문에 내제 무엇을 그려놓은 것인지 알 수가 없었다.

 그는 물감이 얼마 남지 않은 팔레트와 붓을 들었다. 이 작은 붓은 완성된 그림을 지워나갔다. 그림에 그려진 색은 그림에서 붓으로 옮겨갔다. 이 정교한 붓은 작고 세밀하게 표현되어있는 모든 색을 쓸어갔다. 그 붓을 팔레트에 가져다 놓으면, 붓으로 옮겨갔던 색이 모두 팔레트에 내려앉았다. 팔레트 위에는 점점 물감이 늘어났다. 캔버스에서 붓으로, 붓에서 팔레트로. 그나마 시력이 나아진 그라도 이런 신비하고 정밀한 과정들을 뚜렷하게 볼 수는 없었다.

'이젠 내 그림을 돈 주고 사서 내가 하나하나 지우는구나. 뭐 어때, 그림이 중요하나. 내가 뭘 그렸는지 기억도 안 나는데 뭘.'

이번엔 나이프와 커다란 붓이 그림의 모든 것을 앗아갔다. 좌우로 움직이는 붓은 여러 가지 색을 한데 모았고, 나이프는 그것을 덜어내어 팔레트로 옮겼다. 캔버스는 새하얗게 본래의 모습으로 돌아왔고, 팔레트 위의 물감은 모두 물감 통으로 쏙 들어갔다. 무질서했던 모든 것은 차례에 맞춰 줄을 서듯 각자의 자리로 돌아갔다. 데스틴은 이것들이 생명을 잃은 것인지, 새로운 생명으로 돌아간 것인지 궁금했다.

그렇게 그는 매번 아내에게 돈을 내고 자신의 그림을 샀다. 원래도 잘 팔리지 않던 그림들이라 긴 시간이 필요했지만, 결국 그는 자신의 그림을 하나씩 하나씩 지워나갔다.

 아내가 매번 가져오는 그림들은 다 비슷하게 생겼다. 항상 같은 그림을 그렸던 것인지, 비슷하게 그렸던 것인지는 알 수가 없었다. 어두운 색채에 황갈색의 덩어리, 그 주위를 맴도는 휘어진 선들뿐이었다. 아내가 가져온 그림은 그의 손에 순식간에 지워졌다. 비슷하게 생긴 그림들은 얼마 지나지 않아 모두 빈 캔버스로 변했다.

 그리고 나서 그는 그림을 그리지 않고 온종일 빈 캔버스만 바라봤다. 앞으로 작업해야 할 부분들이 걱정되어서일까, 이전에 작업한 부분들이 걱정되어서일까. 아내는 그 이유를 알지 못했다. 그는 별다른 대책 없이 매일 멍하니 캔버스만 바라볼 뿐이었다. 몇 날 며칠 동안을 그러다가 결국 그는 캔버스를 들고 창고에 가서 차곡차곡 쌓아 두었다.

'새로운 그림을 그리는 것은 어려운 일이지. 이전에 그린 그림이 떠올라 도저히 붓을 들 수가 없었어. 더 잘 그릴 수 있었는데, 그렇게 그리지 말아야 했는데. 매번 후회하고 생각했어. 내 손을 떠난 그림 속에 갇혀 새로운 그림을 그릴 수가 없었다고. 그게 얼마나 고통스러운 일인데. 난 매일 이렇게 살아왔어. 그림을 팔아야 했기에 나는 그저 부족한 그림을 그려서 아내에게 건넸을 뿐이야. 나는 내 할 일을 다 했어. 평생 힘들게 그림만 그려왔고 가정을 위해 살았어. 매 순간 이런 삶을 때려치우고 싶었다고…. 그 순간들 모두 참고 견딘 거라고…. 앞으로도 계속 성가신 그림들을 마주해야 하는구나. 이럴 거면 싹 지우고 다 태워버리면 편할 것을….'

 연이어 쌓이는 빈 캔버스들은 자기들이 마치 창고 주인인 것 마냥 그들의 영역을 넓혔다.

- 웃지 않는 사람

 꽤 많은 시간이 흘렀지만 아무르의 웃는 모습은 좀처럼 볼 수 없었다. 아내는 밭에 나가 있는 시간이 많았다. 집에 와서도 그녀는 집안일만 했다. 데스틴은 그런 아무르를 도통 이해할 수가 없었다.
 낮의 바다숲의 아무르를 떠올려보자면, 원래 아무르의 어릴 적 꿈은 작가가 되는 것이었다. 글을 읽고 쓰는 것은 그녀에게 무엇과도 바꿀 수 없는 커다란 행복이었다. 그녀는 소설가가 되기 위해 어릴 때부터 매일 글을 읽고 쓰고 공부했다. 하지만 데스틴을 만나 결혼한 뒤 그녀의 생활은 완전히 달라졌다. 방에 박혀 그림만 그리는 남편의 시중을 들어야 했고, 장에 나가 남편의 그림을 팔아야 했다. 하지만 데스틴은 그런 아내의 일상을 정확히 기억하지 못했다.
 그녀는 글을 쓸 틈도 없이 매일 혼자 밭일을 하고 채소 장사까지 했다. 육아는 온전히 그녀에게 맡겨졌고, 이 가정의 모든 일은 모두 그녀의 몫이었다. 데스틴의 부모님이 살아계실 때까지 그녀는 시부모를 모시고 살았다. 마치 어디 계약서에 이름이 찍혀 있는 것처럼 그녀가 맡아야 할 몫은 너무나도 많았다. 이런 아내의 입장을 모르는 데스틴은 항상 아무르와 같은 대화만 나눌 뿐이었다.

「내 그림이나 제 가격 좀 받고 파시오! 채소 장사로 얼마 번다고 참.」
「우리 가족을 위해서 도운 거죠. 밭일도 그렇고 채소 장사도 제가 열심히 하고 있으니까 너무 걱정하지 마세요….」

 데스틴은 어이없는 표정으로 아내에게 고함을 쳤다. 그래도 아무르는 차분했다.
 '이런 대화는 내게 일상이었지. 그저 무료했을 뿐이야. 아무 쓸데도 없는 대화들. 아내의 머릿속엔 대체 뭐가 들었기에 어처구니없는 말을 매번 했을까?'

「됐소. 나가봤자 좋을 게 뭐가 있다고. 그러게 누가 도와달라고 했나. 글 쪼가리에 매달리지 말고 처음부터 다른 것을 공부했었어야지. 쯧쯧….」
「앞으로도 시간이 있으니까 천천히 해봐요. 제가 옆에서 도울게요. 그리고 이젠 가끔 집 밖으로 나가서 같이 미술관도 돌아다닙시다.」

 데스틴은 혀를 차며 말했다. 아내는 힘이 빠진 눈동자로 남편을 바라보며 그를 다독였다.
 '끝까지 밖을 나가자고, 또 나가자고. 다시 들어도 지겹고 화가 나는구먼.'

「필요 없다니까. 몇 번씩 말하게 만드는 거요? 옛날에 난 할 수 있었는데 하지 않았던 것뿐이오.」
「전시회를 열어보는 것이 당신 꿈이잖아요. 꼭 이뤄내요, 우리.」

데스틴은 아내에게서 눈을 돌려 벽에 그려진 그림을 보았다. 아내는 벽의 그림을 손으로 가리켰다.

「또 그 이야기하는 거요?」
「여보, 저기 당신이 벽에 그린 그림을 봐요.」

 '전시회는 개뿔. 옛날에 장난으로 그린 그림을 보고 무슨, 아직도 꿈같은 소리야. 내가 그런 걸 할 수 있는 환경이야? 아내도 망가질 대로 망가진 나를 조롱하려고 자꾸 전시회를 말하는 거겠지. 꿈, 희망 그런 것들은 세상에 존재하지 않아. 나처럼 저주받은 인생을 살아보지 못했으니, 저런 편한 소리나 하고 앉아 있는 거지!'
 데스틴은 이젤 앞에 앉아 하얀 캔버스를 바라보았다. 붓은 쥐지 않고 그냥 빈 캔버스를 바라본다. 그런 그를 뒤로하고 아내는 묵묵히 밭으로 나갔다.

- 두 개의 관

 오늘은 데스틴의 부모님이 돌아가신 날이다.

 '아… 오늘이구나.'

 낮의 바다숲에서 그가 가장 슬퍼했던 날이 바로 오늘이다. 두 분은 돌아가시기 전날 동쪽 바다에서 울리는 와주의 소리를 함께 느끼셨다고 했다. 그래서 그날 부모님은 서쪽 숲으로 가서 뷔에 나무를 베어 각자의 관을 만드셨다. 아버지의 직업은 목수였기 때문에 그 일은 별로 힘들지 않았다. 그리고 그다음 날 미오조티스 목걸이를 한 채로 관을 끌고 동쪽 바다로 가신 것이다. 데스틴은 이날만 떠올리면 가슴이 길기길기 찢이지듯 마음이 아파 왔다. 데스틴은 부모님을 보내드리는 날에 마지막으로 했던 대화가 항상 마음에 걸렸다.

 '오늘 내가 그 대화를 또 해야 하다니….'

 사실 데스틴은 부모님이 돌아가신 것보다 마지막 날까

지 언쟁을 벌였던 자신이 더 싫었다. 마지막까지 했던 부모님과의 언쟁은 바로 입가의 상처에 관한 이야기였다.

 그는 예전에 자신이 끌었던 관보다도 더 무거운 마음을 가지고 뒷걸음질로 집을 나섰다. 마음 한가운데가 꽉 막힌 것처럼 답답했다. 당장이라도 주먹으로 가슴을 내려치고 싶지만, 몸은 마음대로 움직이지 않았다. 그는 아내와 딸과 함께 밤의 서쪽 바다를 향해 등을 돌렸다.

 '이제 바다로 가는구나. 잠깐, 이쪽은 서쪽인데?'

 의문을 품으려는 데스틴의 생각을 막아서는 듯, 데스틴의 입이 멋대로 움직여 소리를 질렀다.

「아니! 나를 진짜 사랑하셨다면 솔직하게 다 알려주셨겠지! 마지막 순간에도 이딴 대화를….」

「여보…. 어머님, 아버님께서 하신 말씀은 모두 당신을 사랑해서 하는 말이었을 거예요.」

아내는 화를 내는 남편에게 위로의 말을 건네었다.

'그래, 지금 또 들어보니 아내는 끝까지 우리 부모님 편만 들었네…. 내 편은 결코 든 적이 없었지. 정말 싫다. 싫어. 이걸 다시 겪어야 하는 것 자체가 너무 싫다.'
 그렇게 데스틴은 아내와 딸과 함께 바다로 걸어갔다. 그는 뒷걸음질로 바다를 향해 가면서 땅에 새겨진 두 개의 긴 줄 자국만 바라보았다.

「산책은 무슨! 이제 다시는 서쪽 바다로 오기 싫어!」
「어머님, 아버님을 떠올리기 위해서 우리 가끔 서쪽 바다로 산책 와요. 여보..」

이때 데스틴은 한 가지 특이한 점을 알아냈다.
 '이날 이후로 나는 바다에 온 적이 없었지…. 그런데 이쪽은 서쪽이잖아? 왜 서쪽으로 가야 바다가 나오지? 아! 밤의 바다숲에서는 바다가 서쪽에 있구나. 그러면 반대로 숲은….'
 깨달음이 머릿속을 번뜩 스쳐 지나갈 때쯤 그들은 서쪽

바다에 도착했다. 몸을 돌려 바다를 바라본 뒤 한참 시간이 지났을 무렵, 바닷속에서 두 개의 검은 관이 떠올랐다.

'어머니, 아버지의 관이구나!'

섬세하게 만들어진 것 같은 짙은 검은색의 관은 시간이 지나면서 점점 황갈색으로 변해갔다. 데스틴은 마음의 준비를 또다시 해야 했다. 그 두 개의 관을 열고 부모님이 걸어 나오셨다. 육지를 밟은 부모님은 등을 돌려 아들을 바라봤다.

「그래, 우리 탓이다. 아들아. 미안하다, 미안하다. 참말로 미안하다. 근심만 짙어지게 해서 미안하다.」

어머니가 걱정하는 눈빛으로 아들에게 말을 건넸다. 찌푸려진 미간 사이로 수많은 주름이 보였다. 얼굴과 목의 근육은 너무나도 얇았고, 말을 할 때마다 덜덜 떨렸다. 힘이 얼마 남지 않은 근육은 곧 움직임을 멈출 것만 같았다. 축 처진 눈두덩이 사이로 어머니의 검은 눈동자가 마지막으로 작은 빛을 낸다. 아들을 바라보는 눈빛 속엔 수많은 뜻이 담겨있었다. 등이 굽은 어머니는 최선을 다해 아들을 올려다보며 미소를 지었다.

「됐어요! 마지막까지 거짓말만 늘어놓고! 아무것도 알려주지 않고, 진짜 내 부모가 맞아요? 제 인생이 이렇게 된 건 다 어머니, 아버지 탓이에요!」

데스틴은 큰소리로 부모님께 말했다.
 '이 대화를 또 해야 한다니… 마지막에 내가 이렇게 말했구나. 왜 부모님은 마지막까지 내 입에 상처가 생긴 이유를 말해주시지 않은 걸까? 정말 아직도 이해가 되지 않는다.'
 데스틴은 마지막 대화를 거꾸로 다시 하는 지금도 부모님의 대답을 이해할 수 없었다.

「그래, 평생을 슬픔 속에서 사느라, 고통 속에서 사느라 많이 힘들었지? 아들아, 하지만 정말 입가의 상처는 아기 때부터 있었단다. 우리도 탄생의 우물에서 너를 처음 만났을 때, 상자를 열고 놀랐어. 처음부터 너의 입가에 상처가 있어서. 하지만 우리는 항상 너를 사랑했단다, 아들아.」

「계속 거짓말만 하지 마시고 진짜 상처가 생긴 이유를 말해주세요! 제가 이 상처 때문에 평생을 고통 속에서 살아왔고 앞으로도 슬픔 속에서 살아갈 거란 말이에요!」

아버지는 묵묵히 서 있기만 했고, 어머니만 계속 아들의 질문에 대답했다. 데스틴은 이렇게 부모님을 계속 추궁했다.

'그 누구도 탄생의 우물에서 태어날 때 상처를 가지고 태어난 사람이 없는데, 왜 부모님은 그런 뻔한 거짓말을 계속하시는 걸까? 누구를 바보로 아나? 누가 다치게 한 건지 왜 비밀로 하셨을까? 그것만 알았어도 난 평생 나

를 저주하며 살아가지는 않았을 거야….'
여전히 데스틴은 부모님을 이해하지 못했다.

「그래요, 마지막이니까 정말 마지막으로 여쭤볼게요. 진짜 이 상처 왜 생긴 거예요? 마지막이니까 솔직하게 제발 말해주세요!」
「아들아, 이렇게 우리 둘도 결국 떠나는 날이 오는구나. 우리는 서쪽 바다로 떠나지만 너는 가족을 책임지고 행복하게 살아야 한다. 정말 마지막이구나. 아들아….」

끝내 아버지는 단 한마디도 하지 않으셨다.
 '아무리 말해도 내 말은 절대 듣지 않으셨어. 아버지는 왜 아무 말씀을 안 하셨던 걸까? 여기서 거꾸로 살아가면서 반드시 이 상처의 원인을 내가 찾아내고 만다. 부모님께서 거짓말하는 이유도 알아내고 말 거야. 반드시!'
데스틴은 가족과 함께 집으로 돌아갔다. 뒤돌아 걷는 내내 묵묵히 바다만 바라보았다. 바다는 무심한 듯 줄곧 파도 소리만 내었다. 시야에 꽉 찼던 어두운 바다가 점점 더 멀어졌다.

 예전에 데스틴이 서쪽 바다에서 집으로 관을 끌고 갔듯이, 부모님도 각자의 관을 끌고 갔다. 하지만 역시나 관이 부모님을 끌고 가는 것처럼 보였다. 오는 길에 봤던 두 개의 긴 줄 자국 위로 두 개의 관이 지나갔다. 쓸린 흔적이 남아있는 관의 모서리는 정확히 그 줄 자국 위를 걸으며 본래의 깨끗한 모습을 되찾았다. 집으로 돌아가는 길을 안내하는 것만 같던 두 줄 자국은 관이 지나가면서 점차 지워졌다. 그는 등 뒤에서 일어나는 이 광경을 볼 수 없었다.

 아들이 그랬던 것처럼 노쇠한 부모님도 팔다리를 부들부들 떨며 관에 이끌려갔다. 그런 부모님의 모습은 그에게 전혀 보이지 않았다. 시야에서 바다가 사라졌을 때쯤 그는 아무런 말 없이 흔적 없는 깨끗한 땅만 보고 걸어갔다.

 '그래, 이때 걸어가면서 나는 마지막으로 상처의 원인

을 알아낼 궁리만 했었지. 하지만 다 소용없었어. 부모님은 끝끝내 거짓말만 하셨는걸.'

집에 도착한 데스틴은 혼자 저녁 식사를 했다. 원래 그는 방에서 마스크를 벗고 혼자 식사를 한다. 누군가와 함께 밥을 먹었을 때가 언제인지 기억나지 않는다. 하지만 부모님은 이날 아들과 함께 식사하길 원하셨다. 낮의 바다숲에서는 아들과 함께할 수 있는 마지막 저녁 식사였기 때문이다. 그러나 그는 가족과 함께 저녁을 먹지 않았다.

거실에서 자신을 제외한 네 명의 가족이 마지막 식사를 하는 소리가 들렸다. 그는 외롭지 않았다. 평생 외로웠기 때문에 더 외로울 수가 없었다. 방에서 혼자 밥을 먹으면서도 그는 온통 상처에 관한 생각뿐이었다.

'아무리 마지막 날이라도 같이 식사를 할 필요는 없었어. 이때 상처에 대해 미리 물어볼까 고민했었는데, 물어봤어도 또 거짓 대답을 들었을 게 뻔해. 어차피 솔직한 대답은 들을 수도 없는데 괜히 같이 밥을 먹을 필요는 없었다고. 같이 안 먹길 잘했어. 더 정신 바짝 차리고, 앞으로 살아가면서 이 빌어먹을 상처의 원인을 꼭 찾고야 말겠어!'

 이렇게 데스틴은 다시 부모님과 함께 살게 되었다. 목걸이에 있던 두 번째 꽃송이가 꽃잎을 닫고 꽃봉오리로 변했다.

1. 죽음
- 끝
- 바다숲
- 와주

2. 첫 번째 꽃: 노년기
- 평범한 노인
- 입가의 상처

3. 두 번째 꽃: 중년기
- 그림을 지우는 사람
- 웃지 않는 사람
- 두 개의 관

4. 세 번째 꽃: 장년기
- 상처가 있는 딸
- 꿈이 있는 딸
- 상처가 없는 딸

5.
-
-
-

6.
-

7.
-
-

8.
-
-

9.
-
-

4. 세 번째 꽃: 장년기

- 상처가 있는 딸

 멈추지 않고 흘러가는 시간은 데스틴을 또다시 특별한 날로 끌어다 놓았다. 그렇게나 힘들었던 많은 나날 중에서도 그가 특별히 기억하는 몹시 힘든 날이었다.
 '안 그래도 거짓말만 하는 부모님을 보면서 사는 것도 이렇게 힘이 들었는데, 드디어 슈와 부딪혔던 날이 왔

구나.'

 오늘은 바로 데스틴이 딸 슈와와 크게 싸운 날이다. 이 날 이후로 슈와는 아빠와 대화를 나누지 않았다. 그래서 밤의 바다숲에서 살아가는 데스틴은 노인으로 태어난 뒤 지금까지 딸과 이야기를 나눈 적이 한 번도 없었다.

 '이날 이후로 딸과 대화를 해 본 적이 없었지. 마지막 내가 죽는 순간까지 말이야. 오늘 그 싸움을 또 해야 하는구나….'

 정말 오랜만에 딸의 목소리를 듣는다고 하니 느낌이 이상했다. 너무 오랜만이라 조금 어색하다는 것은 그에게 큰 문제가 되지 않았다. 왜냐면 그날 가슴 아프도록 딸과 싸웠던 감정이 그를 다시 옭아맸기 때문이다. 절대 풀 수 없는 마음속의 매듭을 다시 확인하는 찰나 갑자기 딸이 큰소리를 질렀다.

「벗고 살아가면 되잖아! 됐어, 아빠는 말이 안 통해. 난 언제나 마음속에 상처가 있어! 아빠 때문에 다 이렇게 된 거야!」

「친구들의 말은 그냥 무시하면 되지 않니? 그게 왜 아빠 탓이야? 아빠는 마스크를 벗고 살아갈 수가 없어!」

'이렇게 대화가 끝났지… 마지막까지 제대로 된 대화를 하지 못했네. 모든 건 정말 이 빌어먹을 놈의 상처 때문이야…'

「친구들이 매일 내 뒤에서 수군거리잖아. 귀신의 딸이라고! 그 마스크 좀 벗고 살면 안 돼?」
「또 그 이야기냐! 왜 친구들이 이번엔 또 뭐라고 했기에 그러는데?」
「아빠, 내가 아빠 때문에 너무 힘들어! 아빠 때문에 난 항상 무시당해!」

데스틴은 항상 자신의 말을 듣지 않던 딸의 모습이 기억났다. 그리고 그는 이날 딸이 왜 폭발한 것인지 아직도 알 수가 없었다. 남들이 수군거리는 것 따위는 평생 무시하며 살아왔던 그였다. 그래서 딸이 왜 이렇게 민감하게 반응하는지 이해할 수가 없었다. 상처 때문에 어쩔 수 없이 마스크를 쓰고 살아가는 자신을 이해해주지 못하는 딸이 원망스러웠다. 데스틴은 딸과 했던 마지막 싸움을 거꾸로 다시 하며 수만 가지 생각이 들었다.

「갑자기 또 그 이야기니. 그 이야기는 다시 하지 말자고 했지!」
「아빠, 아빠는 나한테 평생 얼굴을 보여주지 않을 거야? 매일 그 마스크를 쓰고 살아야 해?」

'그렇게 예뻤던 내 딸이 이렇게 변하다니… 작고 귀여운 천사 같은 내 딸이 이렇게나 바뀌었어. 슈와 너만큼은 나처럼 불행해지지 않길 바랐는데… 이날 내가 대화를 잘못한 건가? 내 탓인 건가? 아니야, 내 입에 이런 상처가 없었다면 내 딸이 이렇게 굴지는 않았을 거야!'

평생 자신을 저주하며 살던 데스틴에게 가족과의 갈등은 너무 큰 상처였다. 곪아서 생긴 마음의 고름이 모두 터질 지경이었다. 게다가 이미 겪은 고통의 순간을 다시 거꾸로 또 겪는다는 건 쉬운 일이 아니었다. 밤의 바다숲 삶은 더욱 힘들고 괴로웠다.

 '대체 왜 이 인생을 다시 겪어야 하는 거야! 내 주변에는 나를 힘들게 하는 사람밖에 없는데, 어째서 이런 삶을 다시 살아야 하는 거냐고…'

 삶의 이유도 모른 채 길을 잃은 그는 이제 길 따위는 어떻게 되든 상관이 없었다. 오로지 상처의 원인이라는 목적지에만 다다르길 바라고 또 바랐다.

- 꿈이 있는 딸

 오늘은 바람이 많이 부는 날이다. 동쪽 숲에 있는 뷔에 나무가 바람을 강하게 쳐댔다. 나뭇가지에 세차게 뺨을 맞았던 바람은 바삐 도망치듯 순식간에 마을로 도착했다. 그러곤 마을 귀퉁이에 있는 데스틴의 집 창문을 쉼 없이 두들겼다. 바람은 동쪽 숲에서 쫓겨나 이곳의 애꿎은 창문에게 화풀이를 해 댔다. 창문 앞에 손님이 온 것처럼 쿵쿵 소리가 났지만, 그 누구도 손님의 존재를 눈치채지 못했다. 왜냐면 바람 소리보다 더 큰 소리가 집 안에서 울렸기 때문이다.

「쿵!」

 갑자기 딸이 아빠에게 덤벼들 듯 다람쥐처럼 빠르게 달려와 의자에 앉았다. 쓰러져있던 의자는 소리를 내며 스스로 일어나 딸이 넘어지지 않도록 받쳐주었다.

「나는 행복해지고 싶어 정말! 행복해지고 싶다고!」

딸은 태어나서 제일 큰 소리로 고함을 질렀다.

「손대지 마! 저리 가! 제발 아빠 말 좀 들어라. 진짜 제발 좀! 네가 걱정되어서 그래. 아무 쓸모도 없는 것 좀 끄적이지 말고….」
「이제 됐어! 아빠는 아빠가 창피해? 평생 나한테도 얼굴을 안 보일 거야? 에잇, 이딴 마스크는….」

두 명의 손이 짝! 하는 소리를 내며 부딪쳤다. 마음이 맞아서 부딪히는 화음이 아니라 서로를 뿌리치는 듯한 파열음이었다. 한 손이 다른 손을 막아서는 모양새였다.

「글은 이야기도 꺼내지 마! 그리고 네가 말을 똑바로 해봐라. 그랬다면 내가 들어줬겠지. 제대로 이야기를 지금 해봐 그러면!」

「아빠랑은 말이 안 통해. 언제 내 이야기 진지하게 들어준 적 있어? 언제 내 글을 한 번이라도 읽어볼 생각한 적 있냐고!」

둘의 대화는 더욱 큰 파열음을 내며 끝을 모르는 듯 이어나갔다.

「다 너를 위해서겠지!」
「아빠, 지금 엄마가 왜 저렇게 고생하는지 몰라? 엄마라고 하고 싶은 게 없겠어?」

아빠는 딸에게 크게 소리쳤다. 그에 보답하듯 딸은 떨리는 목소리로 더 크게 소리쳤다.
 '아무리 생각해도 내가 내뱉은 말들은 변명이 아니야. 모두 사실이야. 슈와는 아직 어려서 아무것도 모르니까 저러지…. 자기 눈에 보이는 것만 생각하고 저렇게 말하지. 그럼 내가 여기서 더 어떻게 해야 해. 대체 어떻게 해

달라는 거야 진짜….'

「봐라, 엄마도 글이나 붙잡고 있다가 결국 지금 채소 장사하고 있잖아. 그러니까 너는 제발 공부를 해서….」
「내 삶 내가 마음대로 살겠다는데 아빠가 왜 그래? 엄마의 삶이 어때서!」
「몇 번을 말하니. 쓸데없는 짓이라고! 너도 엄마처럼 살고 싶어?」

 절정이 지난 대화는 불꽃이 줄어들며 점점 대화의 시작에 다다랐다.

「내가 글을 쓰면 안 돼? 글 쓰는 게 나쁜 짓이야?」
「이젠 숨어서 몰래 쓰는 거야?」

 여러 번 접힌 흔적이 있는 흰 종이가 책상 위에 찌그러져 누워있었다. 그 종이는 빼곡한 글씨들로 가득 차 있었다. 마치 어미인 종이가 자식 같은 글씨들을 업어주고 또 안아주는 듯했다. 멀리서 봐도 모성애가 쉽게 느껴질 만큼 어미는 자식들을 가득 끌어안고 있었다. 슈와는 그 어미와 자식들을 자신의 팔로 말없이 감싸 안았다.

「……」
「너 또, 또, 또! 지금 너 또 글 쪼가리 쓰고 있었어?」

한 곳을 가리키던 데스틴의 손가락이 내려갔다. 그는 한숨을 크게 들이마시며 방을 나갔다.

 '아무르는 대체 딸 교육을 어떻게 했기에 슈와가 이렇게 된 걸까. 다 엄마한테 맡겨놨더니 엄마를 보고 배워서 말이야. 자꾸 무슨 글을 쓴다고 그러지를 않나. 그러니까 만날 엄마 소리만 하고 엄마 편만 들려고 하지. 그 쓸데없는 글 좀 제발 쓰게 하지 말고 처음부터 제대로 된 공부를 시켰어야 했어. 가족들도 나를 힘들게만 만드는구나. 안 그래도 이 힘든 삶을…'

「쿵!」

 창문 앞까지 놀러 왔던 바람은 자신을 잊을까 다시 소리를 내었다. 창문은 손님을 푸대접하듯 바람을 더 세게 밀어냈다. 환대받지 못한 바람은 살짝 못마땅한 듯 날카로운 소리를 내며 곧바로 서쪽 바다로 향했다. 묵묵부답 말이 없는 창문에 밀려 차갑고 어두운 서쪽 바다로 날아갔다. 아니, 되돌아갔다.

- 상처가 없는 딸

 모래사장에서 바다로 끊임없이 되돌아가는 파도처럼 시간은 차갑고 어둡게 흘러갔다. 데스틴은 또 하나의 특별한 날을 맞는다.

 '오늘은 슈와가 태어난 날이지…. 벌써 이날이 왔구나.'

 딸이 귀여운 아기가 되어 데스틴에게 행복을 주었던 시간은 금방 지나갔다. 시간에도 속도가 있는 것일까. 힘든 나날일 때는 시간이 그렇게도 멈춘 듯 천천히 가더니, 행복한 순간들은 왜 그렇게 빨리 지나갈까. 데스틴은 이 변덕스러운 시간의 속도가 원망스러웠다.

 오늘은 사실 데스틴이 슈와를 처음 만난 날이었다. 낮의 바다숲에서의 오늘은 서쪽 숲 탄생의 우물에서 딸을 처음 만난 날이지만, 밤의 바다숲에서의 오늘은 아기가 되어버린 슈와를 동쪽 숲 탄생의 우물로 데려다주는 날이다.

 '평생 나와 사이가 안 좋았던 딸이, 점점 어려지고 아기가 되면서 정말 사랑스러웠는데 말이야…. 몇 있지도 않은 행복한 순간은 도저히 쫓아갈 수 없을 만큼 재빠르게 도망가 버리네. 이제 슈와를 다시 볼 수 없다고 생각하니까 마음이 저리구나.'

 데스틴은 말로 표현 못 할 정도로 순수한 딸의 미소를 흐뭇하게 쳐다봤지만, 속은 후회 섞인 마음뿐이었다. 마음은 이래도 표정은 그랬다. 표정은 역시 마음대로 바뀌지 않는다. 이제 딸을 탄생의 우물로 데려다줄 때다. 데스틴과 아내는 뒷걸음질로 아기가 되어버린 딸을 품속에 안고 동쪽 숲으로 걸어갔다.

「좋아요! 슈와! 정말 우리 딸과 어울리는 예쁜 이름이에요!」

「자신의 삶을 자기의 뜻대로 선택해서 살라는 뜻으로 슈와라고 지읍시다.」

「여보, 우리 딸 너무 예쁘지 않아요? 이름은 뭐라고 지을까요?」

데스틴은 아기를 품속에 안고 동쪽 숲으로 가면서 딸의 이름을 지었다. 아니, 지워갔다.

'슈와를 처음 만나고 집으로 걸어오면서 슈와의 이름을 내가 지었었지. 참 이때는 내 딸이 사랑스럽기만 했는데 말이야….'

동쪽 숲을 지키듯 울창하게 서 있는 뷔에 나무들이 세 명을 반겼다. 밤의 동쪽 숲의 분위기는 확실히 낮의 서쪽 숲과는 다른 분위기였다. 음산한 것 같기도 하고 아닌 것 같기도 했다. 뒤집힌 삶을 사는 데스틴에게 혼란이라는 것은 그저 당연한 질서였다. 이제는 이것들이 뷔에 나무인지 모르트 나무인지도 구별되지 않았다.

데스틴과 아무르는 어느새 동쪽 숲 탄생의 우물에 도착하였다. 그들은 등을 돌려 우물 쪽으로 바라보았다. 그는 딸을 안은 채 기쁨에 가득 차 이야기했다. 그의 인생에서 이렇게나 빛나는 표정은 없었다. 항상 얼굴을 덮고 있는 두꺼운 마스크도 그 밝은 빛을 차마 가리지 못했다.

「휴… 다행이다. 내 자식에게 상처가 있을까 얼마나 걱정했는데….」
「없어요! 입가에도 없고 몸에도 없어요!」
「그래 어때, 입가에 상처는 있어?」
「여보! 딸이에요! 우리 드디어 딸이 생겼어요!」

 우물에는 속이 빈 작은 나무 상자가 둥둥 떠 있었다. 데스틴은 딸을 들고 딸의 온몸을 구석구석 자세히 살펴보았다. 그러고는 아내가 딸을 받아 들었다. 그리고 딸을 빈 나무 상자에 집어넣었다.
 '이날은 잊을 수가 없지…. 딸인지 아들인지가 중요한 것이 아니고, 내 자식에게도 상처가 있을까 얼마나 걱정했는데. 낮의 서쪽 숲 와주의 소리를 들었을 때는 난 걱정뿐이었어. 내 자식도 나 같은 불행한 삶을 살아갈까 봐….'
 아무르는 슈와가 들어있는 상자 뚜껑을 닫았다.

「여보, 내가 열어볼게요!」

 상자는 점점 나무의 색을 잃고 어두워져 갔다. 조금씩 고개를 물속으로 숨기더니 이내 전부가 우물 속에 잠겼다. 그렇게 슈와가 들어있는 나무 상자는 탄생의 우물 깊은 곳으로 가라앉았다.

 '내가 내 딸을 보낸다는 건 상상도 하지 못했는데…. 여기선 이런 일이 생기는구나. 과연 나는 내 딸에게 잘못한 것일까? 딸이 말한 대로 정말 내가 딸을 불행하게 만든 것일까?'

 슈와를 탄생의 우물 깊은 곳으로 보내며 데스틴은 고뇌에 빠졌다.

 '아니야, 딸은 그렇게 불행하지 않았어. 나처럼 상처가 있는 것도 아니잖아. 난 항상 열심히 그림을 그렸고, 내가 해야 할 일을 다 했어. 부족한 것 없이 해줄 것 다 해줬어. 혹시 불행한 적이 있다면 그것은 내 탓이 아니고 바로 내 상처 탓이야. 그런데 왜 이렇게 마음이 답답할

까…. 내 마음대로 행동할 수 없어서일까. 마음대로 행동했던 나 때문일까.'

 그의 인생에서 딸과 보낸 시간은 그에게 너무 아프고 너무 짧았다. 슈와를 보낸 데스틴은 다시 뒷걸음질로 집이 있는 에드가 마을로 향했다. 목걸이의 세 번째 꽃이 단단한 꽃봉오리로 변했다.

1. 죽음
   - 끝
   - 바다숲
   - 와주

2. 첫 번째 꽃: 노년기
   - 평범한 노인
   - 입가의 상처

3. 두 번째 꽃: 중년기
   - 그림을 지우는 사람
   - 웃지 않는 사람
   - 두 개의 관

4. 세 번째 꽃: 장년기
   - 상처가 있는 딸
   - 꿈이 있는 딸
   - 상처가 없는 딸

5. 네 번째 꽃: 청년기
 - 후회
 - 상처의 관점
 - 점쟁이 포페트

6.
 -

7.
 -
 -

8.
 -
 -

9.
 -
 -

5. 네 번째 꽃: 청년기

- 후회

초롱초롱 빛나는 눈을 가신 사내가 창밖을 보고 서 있다. 그의 외모는 인생에서 가장 빛나는 시기를 맞이한 듯했다. 그의 머리카락은 생기가 감돌았고, 피부는 창가에 반사되는 빛보다 밝았다. 팔과 어깨의 적절한 위치에 다부진 근육들이 자리 잡았다. 정확히는 자신들이 잃었던 자리를 되찾은 것이다.

 사내는 목에 아름다운 목걸이를 하고 있었다. 세 개의 꽃봉오리와 네 송이의 꽃들이 목걸이에 걸려있었다. 이미 잎을 닫아버린 꽃봉오리들은 침묵을 지켰고, 활짝 핀 네 송이의 꽃은 하늘의 달빛을 마음껏 쬐었다.

 많은 것이 변해갔지만 입가의 상처는 그대로였다. 얼굴에 주름이 전부 사라지면서 마스크 주위로 삐져나온 상처의 끝자락이 더욱 선명하게 보였다. 또렷한 그의 눈망울 속은 희망으로 빛나는 것이 아니라 분노로 이글대는 것 같았다. 움찔거리는 옹골찬 등 근육마저 씩씩거리며 화를 내는 듯했다.

「또 그 소리야! 상처 이야기는 그만하자고 했지! 이럴 줄 알았으면 당신한테 보여주는 게 아니었어.」
「데스틴, 그건 당신 입가의 상처 때문이 아니에요. 마음의 상처 때문이에요!」
「대화는 무슨! 내가 알아서 해. 참견 마. 이건 어차피 해결할 수 없는 문제라고.」

「여보, 부모님께도 그리고 마을 사람들에게도 이제 다가가서 대화를 나누는 게 어때요?」

젊은 부부의 대화는 꽉 막힌 하수구 같았다. 항상 노력하는 아내의 설득은 전혀 통하지 않는다. 어디가 어떻게 막혔는지는 중요하지 않다. 어차피 당사자에게 막힌 곳을 뚫으려는 의지조차 없었기 때문에, 뚫으려 노력할수록 막힌 곳이 더 막힐 뿐이었다.

'항상 아내는 나를 힘들게 했어. 이런 대화를 할 때마다 나를 피곤하게 만들었다고…. 난 주변 사람들과 대화할 필요가 없었어. 그냥 대화하고 싶지 않았어. 정말 이럴 줄 알았으면 처음부터 아내한테 내 상처를 보여주는 게 아니었는데. 아니, 이 사람과 결혼하지 말았어야 했는데!'

아무르는 데스틴의 상처를 매일 볼 수 있는 유일한 사람이다. 데스틴은 부모님 앞에서도 마스크를 벗지 않지만,

아무르 앞에서는 마스크를 벗는다. 데스틴이 유일하게 마음 놓고 마스크를 벗는 공간은 자신의 방 안이다.

매일 반복되는 아내의 설득에 진절머리가 났던 데스틴은 항상 두 가지를 후회하곤 했었다. 첫 번째는 바로 젊은 시절 아내에게 상처를 보여준 것이고, 두 번째는 아무르와 결혼한 것이다.

그의 모난 성격과 항상 끼고 있는 마스크 때문에 평생 데스틴의 주변에는 사람 자체가 없었다. 그런 그의 곁에 여자는 더더욱 있지 않았다. 그래도 세상 누구에게나 맞는 짝은 따로 있는 것일까. 단 한 번의 연애도 허락되지 않았을 것 같은 그에게 마음을 표시한 여자는 무려 두 명이나 있었다.

한 명은 아내가 된 아무르, 나머지 한 명은 결국 이루어지지 않았던 연인 젤루지였다. 결혼 전 데스틴은 둘 중 누구와 결혼할지 고민이 많았다.

에드가 마을에 같이 살았던 아무르는 데스틴을 어렸을 때부터 쭉 지켜봐 왔고, 청년이 된 그에게 다가가 말을 걸었고 사랑에 빠졌다. 그런 그를 그녀가 왜 좋아했는지는 아무도 알지 못했다. 주변 사람들이 항상 그녀를 뜯어말렸지만, 그녀는 그 마스크 안에 착하고 여린 영혼이 분명 있다고 말해왔다.

 젤루지는 다른 마을에서 에드가 마을로 이사 왔고, 언제나 다른 마을로 또 떠날 거라 말하는 여인이었다. 그녀는 입는 옷부터 말과 행동 모든 것이 남달랐다. 펄럭이는 치마를 보고 있자면 그녀는 어디로든 떠날 수 있는 새 같았고, 번쩍이는 귀고리와 목걸이는 세상 무엇보다도 눈부셨다. 마치 그녀를 구속할 수 있는 것은 이 세상에 존재하지 않는다고 모든 장신구가 설명하는 듯했다.

 그녀가 에드가 마을로 온 뒤 우연히 그녀의 눈에 띈 남자가 바로 데스틴이었다. 남들과는 뭔가 다른, 항상 마스크를 쓰고 있는 이 이상한 남자가 마음에 들었다. 그녀가 그에게 처음 말을 걸었을 때, 데스틴은 그녀가 궁금했다. 의외로 대화는 술술 풀려나갔다. 항상 멀리 떠나려는 마음, 아름다운 외모 그리고 남들의 시선 따위는 신경 쓰지 않는 당당함. 그것들이 젤루지를 더욱 매력 있게 만든다고 데스틴은 생각했다.

 결혼 후 반복되는 스트레스 때문에 데스틴은 선택의 기로 위에 서 있던 옛 시절을 떠올렸다. 그렇게 그는 그때를 떠올리며 종종 후회를 하곤 했다.

- 상처의 관점

 두 번 다시 없을 특별한 날이 찾아왔다. 오늘은 바로 데스틴이 누구와 결혼할지 결정했던 날이다. 그러한 이유로 오늘은 그에게 특별하다. 그런데 사실, 이유가 또 하나 더 있었다. 평생 가족에게도 상처를 보여주지 않으려고 했던 데스틴이 누군가에게 일부러 상처를 두 번이나 보여준 날이다. 두 번 다시 없을 것 같은 날도 이곳에선 두 번 겪을 수밖에 없다.

 에드가 마을 외곽에 있는 레투스 공원은 매우 오래된 공원이었다. 사람의 손길이 닿지 않는 곳이라 대부분의 꽃들은 시들었고 잡풀만 무성했다. 그래서 이곳은 사람들이 잘 찾아오지 않았다. 아무도 없는 이 조용한 공원에 한 남자가 서 있다. 남자의 얼굴에는 말도 안 되게 커다란 상처가 있었다. 그는 마스크를 쓰지 않고 손에 들고 있었다. 만약 멀리서 누가 본다면 '저게 뭐야?' 하고 다시 그의 입가를 자세히 쳐다봤을 것이다. 하지만 다행히 공원에는 오직 남자와 여자 둘뿐이었다.

 단정한 분홍색 원피스를 입은 여자가 가지런히 양손을 모으고 있다. 그녀는 상처 가득한 그의 입술에 입을 맞췄다. 그러곤 남자의 얼굴을 한참 바라봤다. 여자는 남자에게 간절히 고백했다.

「데스틴, 나는 당신의 상처까지 사랑해요. 나와 결혼해요.」
「이래도 아무르 당신은 나를 사랑할 거요? 이런 흉측한 상처를 보고도?」

 데스틴이 크게 호통을 치자마자, 손에 있던 마스크가 순식간에 제자리로 돌아가 그의 입을 가렸다.
 '어째서 아내는 이런 상처를 사랑한다고 한 거지? 거짓말 아니었을까? 아니면 참을 수 있다고 생각했을까? 평생 나를 힘들게 만들었던 모습을 떠올리면 전부 거짓말

같은데. 이런 상처를 누가 좋아한다고. 보는 것도 참기 힘든데 말이야. 내가 저 말을 듣고 결혼을 선택했지만 전부 속은 거였어.'

「나에게도 보여주지 않아도 돼요. 평생 마스크를 쓴다고 해도 당신을 사랑할 거예요.」
「난 당신과 살 수 없어. 내 얼굴에는 그 누구에게도 보여주기 싫은 큰 상처가 있단 말이야.」

'아내는 나와 항상 반대였어. 이렇게 말해 놓고, 내가 그렇게 싫다고 하는 것들만 강요하고 말이야. 나는 남들에게 내 모습을 보여주기 싫었어. 하지만 아내는 항상 남늘과 대화하고 부딪혀보라고 했지. 부딪혀봤자 어차피 깨질 일인걸. 그런 말들로 인해 내 인생은 더욱 힘들었어. 우리는 애초에 맞지 않았던 거야….'
 같은 날, 낮의 바다숲의 데스틴은 사실 젤루지라는 여인을 먼저 만났었다. 이날은 젤루지가 다른 마을로 떠나기로 한 날이었다. 바로 그 만남이 그녀와의 마지막 만남이었다.

 데스틴은 뒷걸음질로 에드가 마을 광장을 향해 힘없이 터벅터벅 걸어갔다. 그가 광장 구석에 도착했을 때, 저 멀리서 젤루지가 보였다. 그녀는 광장 구석에 있는 데스틴을 향해 매우 빠른 뒷걸음질로 달려왔다. 사냥감을 향해 날아가는 매처럼 빨랐다. 착륙지점에 도착한 그녀는 오만 정이 다 떨어진 표정으로 소리를 질렀다.

「웩! 구역질 나. 이 정도였다니! 말도 안 돼. 다시는 내 앞에 나타나지 마. 꺼져!」
「젤루지, 못 본 척하고 잊어줘!」

 데스틴은 급하게 마스크 한쪽을 살짝 내렸다. 그의 상처가 일부분 보였다.
 '내가 가장 후회하는 것이 바로 이거야. 젤루지에게 내 상처를 보여준 것… 내가 왜 그랬을까? 평소처럼 계속

보여주지 말고 만났어야 했어. 그리고 그녀와 결혼했어야 했다고….'

「어머! 흉측해! 징그러워! 이 정도였다니, 내가 바보지. 당신과 더는 만날 수 없어. 이런 줄 알았으면 처음부터 만나는 게 아닌데!」
「평생 같이 산다면 당신에게만 이것을 보여줄 수 있어. 나에게 이런 상처가 있는데 나와 살아갈 수 있겠어?」

 그녀는 그를 경멸하는 눈빛을 쏘며 크게 소스라쳤다. 그 누구도 시키지도 않았지만, 데스틴은 고민 끝에 용기를 내어 마스크를 천천히 올려서 썼다. 이제는 상처가 마스크에 가려 보이지 않는다.

 '내가 왜 마스크를 내렸을까…. 날 경멸하는 반응이 나오는 게 당연한 건데. 그녀의 말대로 평생 마스크만 끼고 살아가면 되는 건데…. 사랑하는 이에게 내 진짜 모습을 보여준다는 건 멍청한 생각이었어. 그녀가 내 모든 모습

을 알 필요까지는 없었는데 말이야. 끝까지 모르게 했어야….'

 그때 갑자기 데스틴의 머릿속에 아무르가 떠올랐다. 그녀의 모습이 겹쳐져 보일 때쯤 젤루지는 다시 말을 걸었다.

「평생 마스크 끼고 사는 게 뭐 어때요. 남들이랑 굳이 대화할 필요도 없고, 남들 신경 써서 뭐해. 대신 내 앞에서도 평생 그 모습을 보이지 말아야 해요.」
「젤루지, 사실 나에게는 상처가 있어. 그래서 항상 마스크를 껴야 해.」
「저는 크게 신경 쓰지는 않지만, 왜 마스크를 끼고 다니는 거죠?」
「그리고 나는 항상 이렇게 마스크를 쓰고 살아갈 거야. 그래도 괜찮겠어?」

 그녀는 데스틴을 쳐다보지 않고 대화했다. 아니, 평소에도 젤루지는 데스틴을 쳐다보지 않았다. 데스틴은 그것을 알고 있었지만 별로 신경 쓰지 않았다. 자신을 쳐다보지 않는다는 점이 더욱 마음에 들었었다. 하지만 지금은 느낌이 달랐다. 그의 마음이 살짝 쓰려왔다.

'그녀와 제대로 눈을 마주치고 대화한 적이 있던가? 내 눈을 보며 말하지는 않지만 차라리 서로 간섭하지 않고 사는 게 더 행복하지 않았을까? 아무런 강요도 받지 않고 말이야. 확신이 드는 것은 아니지만, 날 신경 쓰지 않는 젤루지가 나와 더 맞았을지도 몰라.'

「나도 그래요, 난 다른 사람들 신경 쓰지 않아. 그래서 곧 마을도 떠날 거고.」
「나는 나쁜 사람들과 만나고 이야기하는 것을 싫어해. 집 밖에 나가는 것도 싫고 부모님을 만나는 것도 싫어.」

그는 항상 다른 곳을 쳐다보며 이야기하는 그녀와 대화를 이어나갔다. 자신을 바라보지 않는 여자의 옆모습 위로 다시 한번 아무르의 모습이 아른거렸다. 그 순간 젤루지의 대답이 들려왔다.

「네, 말해 봐요.」
「나와 함께 이 마을을 떠나겠어? 나는 당신과 함께 살고 싶어. 하지만 그 전에 이야기해야 할 것이 있어.」
「이제 곧 에드가 마을을 떠날 참이라 나도 데스틴 당신과 이야기하려 했어요.」
「젤루지, 오늘 당신과 중요한 이야기를 나누러 왔어.」

 이렇게 그녀와의 대화는 끝이 났다. 그는 멀어지는 그녀를 바라보며 집을 향해 뒤로 걸어갔다. 집으로 가는 내내 이상하게도 자꾸 아무르의 얼굴이 떠올랐다. 평생 이날을 후회하며 느꼈던 감정과 이날을 다시 겪은 지금의 감정은 조금 달랐다.
 '처음부터 젤루지에게 상처를 보여주지 않았다면 진짜 행복하게 살 수 있었을까. 새로운 마을에 가서 젤루지와 평생 잘 살아갈 수 있었을까. 간섭 없이 혼자 살아가는 것이 진정 행복의 답일까. 나를 보는 사람과 나를 보지 않는 사람 중에 누가 나와 맞았던 것일까. 도저히 모르겠다. 결국은 어떠한 선택을 해도 불행한 삶 아니었겠어? 나 같은 놈이 행복은 무슨. 나 같아도 나와 사는 게 행복하지 않을 것 같은데….'

 데스틴은 마음속 깊이 박혀있던 후회를 뽑아 들었다가 바로 다시 마음속으로 집어삼켰다. 다시 한번 그 후회를 꺼내 본다고 해서 뭔가가 나아질 문제는 아니었다. 이제 그는 선택하지 않았던 길에 대해 후회를 하기보다, 어떤 선택도 행복에 다다를 수 없었다는 것을 깨달았다. 그 진짜 원인은 알지 못한 채 못난 자신만을 원망했다.

- 점쟁이 포페트

 바다숲 사람들은 평생 단 한 번 점쟁이 포페트를 만나게 된다. 이것은 대대로 내려오던 바다숲 삶의 규칙이었다. 이 관습이 언제부터 생긴 것인지는 아무도 알지 못한다. 마을에서 멀리 떨어진 곳에 큰 언덕이 하나 있는데 그 언덕 위에 점쟁이의 집이 있다. 그곳은 언덕치고는 꽤 높았다. 거대한 나무들이 언덕을 둘러싸고 있어서 멀리서 보면 마치 초록색 기둥처럼 보였다. 이 언덕 위에 포페트 할머니 말고는 아무도 살지 않았다.

 오늘은 데스틴이 점쟁이 할머니를 만났던 날이다. 그는 십을 바라본 채 허리를 반쯤 숙인 모습으로 간신히 서 있다. 그의 주변으로 썩은 냄새가 진동하였다. 출발하려는 그의 옷은 흙 범벅이었고, 그의 어깨는 처져 있었다. 누가 흙에 물을 준 것처럼 옷 위의 흙은 땀과 뒤엉켜 있었다. 마스크도 흠뻑 젖었지만 그 위로 흙먼지가 붙어 상처가 비쳐 보이진 않았다. 그는 피로가 쌓인 몸을 이끌고 뒷걸음질로 점쟁이의 집을 향했다.

'점쟁이 할망구는 이상한 소리만 해대고 내게 아무런 도움이 되지 않았지. 이날은 참 이상한 하루였어.'

그녀가 있는 언덕으로 가는 길은 험했다. 에드가 마을에서도 멀리 떨어져 있어 한참을 걸어가야만 했다. 그는 자신의 발자국을 하나씩 하나씩 지워나가며 옷에 묻은 흙을 땅으로 돌려보냈다. 걸어가는 내내 데스틴은 의문에 빠졌다.

'대체 그 할망구와 무슨 대화를 했었지? 기억도 잘 나지 않는군.'

모든 사람은 점쟁이에게 딱 하나의 질문만 할 수 있는데, 거길 다녀온 모든 이가 석연치 않은 답변을 받았다고 한다. 게다가 심한 경우 힘들게 찾아온 사람에게 인사도 없이 바로 나가라고 핀잔을 준다고 한다. 그래서 그녀는 온 마을에 이상한 점쟁이로 소문이 자자했다.

어떤 이는 점쟁이가 동문서답만 해서 아예 대화가 안 된다고 했다. 또 어떤 이는 도움은 된 것 같지만 이상한 대답만 받았다고 했다. 점쟁이와 제대로 대화한 사람은 단 한 명도 없었다. 하지만 그 누구도 질문과 답변의 내용을 다른 사람에게 말하지 않았다. 평생 단 한 번만 물을 수 있는 질문이었기 때문에 각각의 내용은 매우 비밀스러웠다.

 멀리 있는 길을 걸어 옷에 묻은 흙이 반쯤 사라졌을 때, 그는 언덕 아래에 도착했다. 그는 등을 돌리고 있었기 때문에 아직 언덕의 모습을 보지 못했다. 그의 발은 무성한 수풀 사이에 난 작은 흙길을 밟았다. 여러 마을에서 오는 사람들의 발길 때문에 사람들이 오르고 내리는 길만 유일하게 풀이 자라지 않았다. 남아있는 많은 발자국 속에서도 그는 자신의 발자국을 정확히 찾아서 밟아 없앴다.

 사람의 손길이 닿지 않는 흙길 이외의 모든 곳은 원시의 자연환경을 간직하고 있었다. 쉽게 볼 수 없는 커다란 나무들이 팔을 길게 뻗고 있었다. 마치 이곳에는 아무도 들어올 수 없다고 말하는 것 같았다. 이 나무들은 모르트 나무도, 뷔에 나무도 아니라고 한다.

데스틴은 뒤로 걷는 것에 적응하여 평소 아무런 문제가 없었지만 이곳만큼은 뒤로 걷는 것이 무서웠다. 당연히 아무것도 자신과 부딪히지 않겠지만 이상하게도 약간의 두려움이 엄습했다. 여기까지 잘 들어오지 않는 달빛 때문인지 거대한 나무의 시선들이 더욱 부담스러웠다. 시야에서 점점 나무가 멀어질수록 더 거대한 나무들이 그의 머리 위를 스쳐 지나갔다.

수많은 시선을 외면하고 언덕의 정상을 밟았을 때 아래에 더는 흙길이 남아 있지 않았다. 언덕의 정상에는 푸른 잔디가 깔려있었다. 바람이 불지 않아 무척이나 고요했고, 꽤 높은 곳이라 먼 곳도 잘 보였다. 양쪽 저 멀리 서쪽 바다와 동쪽 숲이 각각 보였다. 이곳은 마치 세계의 정중앙에 있는 듯했다. 데스틴의 발은 그를 정확한 목적지로 안내했다. 점쟁이의 집에 도착한 그는 등 뒤에 있는 문으로 손을 재빨리 뻗었다. 갑자기 문이 열렸다. 차가운 문손잡이가 주름 하나 없는 매끈한 그의 손에 닿았다.

그는 뒷걸음질하여 집 안으로 들어갔다.

「찌--- 찍찍- 찌지직-」

 집 안에서 이상한 소리가 들려왔다. 내부가 매우 어두워 어디서 나는 소리인지 알 수 없었다. 심지어 그가 씩씩거리며 들어가는 탓에 집 안이 잘 보이지 않았다. 마치 처음 와보는 공간 같았다. 이날 있었던 대화는 물론 장소까지 모두 그의 기억에 남아있지 않았다. 집 안의 가운데에 도착할 무렵 한 목소리가 들려왔다.

「또 왔구먼.」
'다시는 무슨! 다시는 안 온다. 어차피 한 번만 올 수 있는 곳인데. 이런 쓸모없는 대화는 내가 끝낼 거야! 돌아가는 길이 더 힘들 텐데, 젠장!」

 '이제 기억났다. 온통 이상한 대화만 하고, 여기까지 오

느라 고생한 나를 바보 취급한 할망구였지.'

 데스틴은 화가 난 듯 소리를 지르며 순식간에 뛰어가 초록색 천이 깔린 곳에 앉았다. 자리에 앉으니 어두운 집 한가운데에 앉아 있는 노파가 눈에 들어왔다. 어두운 그림자 때문에 점쟁이의 얼굴이 잘 보이지 않았다. 단지 희끄무레한 곱슬머리에 주름 가득한 목이 살짝 보일 뿐이었다.

 그녀는 약간 높이 올라선 둥그런 의자 위에 앉아 있었다. 한쪽 다리를 오므리고 다른 쪽 다리를 그 위에 포갠 채로 가만히 있었다. 그녀가 걸친 하얗게 바랜 옷마저 미동이 없었다. 그녀 위로 무겁게 내려앉은 그림자도 전혀 움직이지 않았다. 이 모든 조합은 그녀를 마치 석상처럼 보이게 만들었다. 방의 주인으로부터 다시 소리가 들렸다.

「다시 오느라 고생이 많았소.」
「어떻긴요. 기분 진짜 더럽네요! 계속 무시당하는 꼴은 참기 힘드네요. 어차피 기대도 안 했어요. 아무도 당신을 점쟁이라고 생각하지 않을 거예요.」

'어라? 아까 또 왔냐는 인사는 나에게 한 건가? 아니, 했던 것인가? 다시 오느라 고생했다는 것도?'

「어떤가? 다시 한번 겪어보니.」
「제 말 듣고 있어요? 참 나, 이 먼 곳까지 고생해서 온 내가 등신이지.」

이내 데스틴은 점쟁이와 나누었던 대화의 의미를 깨달았다.
'아! 그렇구나. 점쟁이는 밤의 바나숲에 대해 알고 있었어. 그래서 이 할머니는 그날 일부러 거꾸로 이야기했던 거야. 그래서 대화가 이상했었어. 다시 들어보니 지금의 나에게 하는 말이구나!'
미동도 없는 점쟁이는 차분히 말했다. 말하는 입도 그림자에 가려 잘 보이지 않았다. 데스틴은 점쟁이에게 계속 화를 내며 대화할 뿐이었다.

「겉으로는 같아 보여도 속은 예전 같지 않은데?」
「지금 제가 모르니까 묻는 거잖아요. 딴소리하지 말고 제대로 대답해주세요. 저는 이 상처의 원인을 꼭 알아야겠어요!」

'제 속은 다 타들어 갈 것 같아요. 내 몸은 마음대로 움직이지 않고, 하고 싶은 말은 단 한마디도 하지 못합니다. 밤의 바다숲에 대해 알고 계셨으면서 왜 말해주지 않은 거죠?'
아무도 자신의 마음을 알아주지 않는다는 것에 답답함을 느꼈다. 그는 곧 마음을 가다듬고, 기억나지 않던 대화를 다시 집중해서 들었다.

「그대가 해답을 찾는 것은 사랑에 빠지는 것과 같다오.

아무도 말해줄 수 없고 자신만이 알 수 있지.」

「뭘 알아요? 참나. 아니, 그래도 딱 하나만 물어봅시다. 이 마스크 아래에 있는 빌어먹을 상처! 대체 이 상처는 왜 생긴 건가요?」

  '이게 대체 무슨 말이야. 이건 지금 들어도 이해가 안 되는데? 해답을 찾는 것이 사랑에 빠지는 거라고?'

「눈으로 보는 것도 아니고 귀로 듣는 것도 아니라오. 온몸으로 아는 거지.」

「혼잣말하세요? 뭐라고 하는 거야. 역시 소문대로 이상한 점쟁이구나. 괜히 왔어.」

「그대 마음속 깊은 곳에서 무언가 느껴질 때, 분명 해답을 찾을 수 있을 걸세.」

「네? 지금 막 왔는데 무슨 소리예요. 여기까지 오는 게 얼마나 힘든지 아세요?」

'뭔 소리야 대체. 이제 다시 들으면 답을 알 수 있을 줄 알았는데. 사랑에 빠지는 게 무슨 말이야. 내 결혼을 말하는 건가? 온몸으로 어떻게 알아. 내 마음대로 몸을 움직일 수도 없는데!'

 데스틴은 자리에서 조용히 일어나 들어온 문을 향해 뒤로 걸어갔다. 자리에서 일어난 지 얼마 안 되어 점쟁이의 마지막 목소리가 들려왔다.

「잘 가거라.」
「할머니가 바로 그 유명한 점쟁이인가요?」

 '대화를 벌써 끝낸다니. 아직 제대로 대답하지도 않았잖아! 이렇게 밤의 바다숲에서 들으라고 했던 말이었으면 제대로 말해줘야 하는 거 아니야?'

 그는 아주 천천히 뒤로 걸어갔다. 점점 점쟁이 포페트가 시야에서 멀어졌다. 완전히 어두워진 방 한가운데 주위로 작은 물건들이 보였다. 그는 조심조심 걸으며 그것들을 자세히 살펴보았다.

「찌--- 찍찍- 찌지직-」

 아까 들렸던 소리가 다시 들려왔다. 바로 작은 장난감들이 내는 소리였다. 방 오른쪽으로 조그마한 풍차 모양의 장난감이 보였다. 풍차는 전체적으로 황갈색이었고, 돌아가는 날개는 몇 개인지 보이지 않았다. 반대편 왼쪽으로도 비슷하게 생긴 또 다른 풍차 모형이 보였다. 이 풍차는 검은색이었고, 물론 날개가 돌아가고 있어 몇 개인지는 알 수 없었다.
 날개는 멈추지 않고 돌며 이상한 소리를 계속 만들었다. 바람도 불지 않는 방 안에서 두 개의 풍차는 조용히 바람을 길들이고 있었다. 하지만 그것들도 데스틴의 마음을 길들일 수는 없었다.
 '이 할망구는 결국 또 나를 바보로 만드는구나. 지금 들어봐도 무슨 소리인지 전혀 모르겠는걸. 사고가 나서 다

친 것인지, 아니면 부모님이 거짓말을 하는 것인지, 누구 탓인지만 대답해주면 될 것을!'

이제 풍차마저 그림자에 가려 보이지 않을 무렵, 데스틴은 뒤로 손을 뻗어 천천히 문을 열었다. 밝은 달빛이 내리쬐는 언덕으로 나갔다.

'됐어. 저런 할망구 따위 필요 없어! 내 힘으로 내가 알아내고 만다. 이 빌어먹을 상처가 왜 생겼는지 내가 알아내면 돼. 어차피 처음부터 이 삶의 목적은 그거였어!'

그는 언덕에서 내려와 다시 흙길을 뒤로 밟았다. 묵묵히 자신이 남긴 흔적을 하나씩 없애며 집으로 갔다. 그의 뒤로 펼쳐질 미래가, 아니 과거가 이제 얼마 남지 않았다. 그렇게 네 번째 꽃도 조용히 망울을 맺으며 단단한 꽃봉오리가 되었다.

1. 죽음
- 끝
- 바다숲
- 와주

2. 첫 번째 꽃: 노년기
- 평범한 노인
- 입가의 상처

3. 두 번째 꽃: 중년기
- 그림을 지우는 사람
- 웃지 않는 사람
- 두 개의 관

4. 세 번째 꽃: 장년기
- 상처가 있는 딸
- 꿈이 있는 딸
- 상처가 없는 딸

5. 네 번째 꽃: 청년기
  - 후회
  - 상처의 관점
  - 점쟁이 포페트

6. 다섯 번째 꽃: 소년기
  - 마스크

7.
  -
  -

8.
  -
  -

9.
  -
  -

6. 다섯 번째 꽃: 소년기

- 마스크

 드디어 오늘 데스틴은 평생 쓰던 마스크를 벗는다. 왜냐면 낮의 바다숲에서 마스크를 쓰기 시작한 날이 오늘이었기 때문이다. 게다가 오늘은 부모님과 싸웠던 날이라, 데스틴이 기억하기 싫은 날 중 하나였다. 오늘이 지나면 앞으로 마스크를 벗고 살아야 하므로 그는 마음의 준비를 해야 했다.

 주름 없는 흰색 셔츠에 파란 멜빵바지를 입은 소년이 마스크를 쓰고 있다. 어린 소년이 스스로 준비해서 입었다고 볼 수 없는 깔끔하고 세련된 옷이었다. 누가 그 반듯한 옷을 준비해준 것인지는 안 봐도 뻔했다. 커다란 마스크를 쓴 소년이 자신의 옷을 준비해준 이들 앞에 서 있다. 얼굴이 작은 것일까, 마스크가 큰 것일까. 마스크가 얼굴의 반 이상을 가렸다.

「됐어요! 전 이제부터 평생, 이 마스크만 쓰고 살 거예요. 이게 다 부모님 탓이에요! 집에서도 밖에서도 그 누구에게도 이 상처를 보여주지 않겠어요!」

 데스틴은 이 마지막 말 이후로 부모님과 제대로 대화를 한 적이 없었다. 항상 부모님은 거짓말을 한다는 생각에 그는 일상의 대화도 나누지 못했다.

「정말 거짓말이 아니란다. 아들아, 우리는 너를 사랑한다. 데스틴… 집에서는 그 마스크를 벗는 게 좋지 않겠니? 답답하지 않겠어?」

데스틴은 분노가 가득 차 떨리는 손으로 마스크를 휙 벗었다.

「거짓말 마세요! 상자 속에서 상처를 입고 태어난 사람이 어디 있어요? 그런 사람은 단 한 명도 없어요. 누구나 다 알고 있는 사실인데, 솔직하게 말해주지 않고 왜 매번 거짓말만 하세요?」

그동안 쌓였던 것이 모두 터지는 것일까. 안 그래도 여린 소년의 목소리가 더욱 여리게 들렸다. 거짓이라는 두려운 맹수 앞에 서서, 되레 울부짖는 피식자의 간절한 목소리였다. 보이지 않는 맹수 뒤로 선 부모님은 그저 슬픈 표정으로 대답만 했다.

「우리는 너의 편이다. 아들아… 그 상처는 정말 태어날 때부터 있었어. 탄생의 우물 상자 속에서 너는 그것을 가지고 태어났단다. 누가 다치게 한 것이 아니야.」
「왜 그 자식 편을 들어요? 이 상처 때문에 친구들이 저만 따돌린단 말이에요! 대체 이 상처는 왜 생긴 건지 언제 말해주실 건데요!」

데스틴은 언제나 자기편이라고 말하면서, 자꾸 다른 아이를 신경 쓰는 부모님의 모습을 이해하지 못했다.

「분명 그 애가 잘못한 것 알고 있단다. 데스틴, 그래도 친구를 때리면 안 되지.」
「그 자식은 매일 제 상처를 보고 놀려요. 그런 자식은 맞아야 해요!」
「아들아, 이게 무슨 일이니? 그 애를 때릴 것까지는 없었잖아.」

부모님은 데스틴의 눈에 멍이 든 것을 보고 매우 놀랐다. 데스틴은 어깨를 들썩거리고 팔이 떨릴 정도로 씩씩거리며 소리 질렀다.

 사실 이날 데스틴은 먼저 친구 아미와 주먹질을 하며 싸웠다. 자신을 놀리는 것을 참을 수 없었던 소년은 온 힘을 다해 아미를 때렸다. 데스틴은 평생 싸움이라는 걸 해본 적이 없었기에 폭력에는 그다지 소질이 없었다. 유일한 공격이라고 해봤자 그저 팔을 빙빙 돌리기만 할 뿐이었다. 그는 주먹에 힘을 꽉 주고 둥그런 방패를 만들었다. 화가 난 소년은 마치 멈출 수 없는 기관차 같았다. 이 어쭙잖은 주먹 돌리기는 아군과 적군을 가리지 않았다. 몹시 처량한 방패로 아미를 내려찍기도 했지만, 자신의 얼굴도 동시에 내리쳤다. 스스로 눈에 멍을 만들었지만 이 정도는 소년에게 아무런 상처가 되지 못했다.

 흠씬 두들겨 맞은 아들의 상태를 본 아미의 부모가 데스틴의 부모를 찾아갔고, 참다못해 폭발한 피해자는 결국 가해자로 전락했다. 그것 때문에 부모님과 이런 대화를 나누게 된 것이다. 해답이 없는 이 대화는 결국, 소년이 마스크로 세상과 담을 쌓게 되는 결과를 낳았다.

'이날 이후로 나는 모든 사람과 단절했고, 나 스스로 벽을 만들었어. 부모님 앞에서도 마스크만 쓰고 다녔는걸. 부모님께서 나에게 이렇게 대하지 않았다면, 사실대로 상처에 관해 이야기해 주셨다면, 이렇게 되지는 않았을 거야. 이제부터는 마스크 없이 살아야 하는구나… 이 상처를 다시 보여주어야 한다니 너무 치욕스럽다. 하지만 이제부터가 제일 중요해. 분명 어릴 때 이 상처가 났을 텐데, 상처가 난 순간을 꼭 찾아내고 말겠어. 반드시!'

그렇게 다섯 번째의 꽃마저 꽃봉오리가 되었다. 이제 목걸이에 남은 꽃은 두 송이뿐이었다.

1. 죽음
- 끝
- 바다숲
- 와주

2. 첫 번째 꽃: 노년기
- 평범한 노인
- 입가의 상처

3. 두 번째 꽃: 중년기
- 그림을 지우는 사람
- 웃지 않는 사람
- 두 개의 관

4. 세 번째 꽃: 장년기
- 상처가 있는 딸
- 꿈이 있는 딸
- 상처가 없는 딸

5. 네 번째 꽃: 청년기
  - 후회
  - 상처의 관점
  - 점쟁이 포페트

6. 다섯 번째 꽃: 소년기
  - 마스크

7. 여섯 번째 꽃: 유년기
  - 괴물 아이
  - 상처의 행방

8.
  -
  -

9.
  -
  -

7. 여섯 번째 꽃: 유년기

- 괴물 아이

데스틴의 봄은 크기가 점점 줄어드는 풍선처럼 작아져만 갔다. 폴짝폴짝 뛰어다니는 것이 신기할 만큼 귀여운 뒷모습을 가진 아이가 되었다. 주먹만큼 작은 얼굴과 세상 무엇보다도 보드라운 피부는 마치 천사의 모습과도 같았다. 하지만 안타깝게도 천사의 얼굴에는 악마 같은 상처가 자리 잡고 있었다. 비단처럼 부드러운 얼굴과 상반되어 상처는 더욱 흉측하게 보였다. 치아의 개수가 조금씩 줄어갔다. 노인이 되면서 개수가 줄어든 것과는 전혀 다른 느낌이었다.

원래 이가 없는 아이는 귀여움의 대상이지만, 상처를 가진 어린 악마를 본 사람들의 생각은 전혀 달랐다. 그들은 데스틴에게 두려움을 느끼기도, 동정심을 느끼기도 했다. 아이를 쳐다보는 사람들의 표정은 모두 한결같았다. 아무것도 알지 못하는 아이는 그들의 표정을 보고 배운다. 그는 제대로 웃어본 적이 없었다. 그는 그렇게 유년 시절을 보냈었다.

지금의 데스틴에게 마스크 없이 살기란 여간 불편한 일이 아니었다. 어릴 때는 몰랐지만 모든 사람이 자신의 상처만 쳐다본다는 걸 이제야 알게 되었다. 사람들이 상처를 보고 눈살을 찌푸리는 것보다, 자기가 그 사실을 모르고 자라왔다는 게 더욱 소름 끼쳤다. 누군가가 자신을 쳐다볼 때마다 마음속 깊은 곳이 칼에 찔린 것처럼 쓰렸다.

벌거벗은 채로 시장에 내던져진 느낌이었다. 살이 찢기는 것 같은 시선의 고통은 매일 끊이지 않았다.

 '이렇게 흉측한 상처를 모든 이에게 내보이면서 자라왔구나…. 나를 내려다보는 그놈들의 눈동자 속엔 괴물만 비쳐 보였던 거야. 날 향한 모든 시선은 경멸의 눈빛밖에 없었어. 너무 부끄럽고 한심하기 짝이 없는 내 인생….'

 면티를 걸친 아이가 집 앞에 서서 울고 있다. 이렇게 작은 옷이 있나 싶을 정도로 조그마한 티를 입고 있었다. 하얀 티에는 분홍색 줄무늬가 그려져 있었다. 상의와 같은 색의 반바지까지, 아이는 분홍색 보석처럼 참으로 귀해 보였다. 하지만 아이의 입은 정말로 징그러웠다. 닭똥 같은 눈물이 땅에서 턱으로, 턱 끝에서 눈 속으로 돌아갔나.

 '어릴 때는 자주 울었던 것 같네. 왜 우는지도 모르면서 말이지. 이때는 고통이 익숙하지 않았어. 어떻게 어릴 때부터 고통이 익숙하겠어.'

 아이의 엄마가 남편의 옷소매를 붙잡고 있다. 부부 싸움이라도 하는 걸까. 남편이 입고 있던 청록색 재킷은 심하게 구겨져 있었다. 하지만 싸움의 대상은 서로가 아니었다. 아이의 아버지가 화가 난 눈빛으로 바라보는 곳은 다른 쪽이었다. 그곳에는 비슷한 나이대의 남자가 있었는데, 그도 아이의 아버지를 눈이 뚫어지게 쳐다보고 있었다.

「여보, 그만 해요. 마을 사람들과 아이들도 다 보고 있어요. 인제 그만 집에 가요.」
「뭐라고! 이 자식이!」

 남편의 옷소매를 붙잡고 있던 어머니는 결국 팔을 놓아주었다. 남편은 물집이 가득한 손으로 주먹을 꽉 쥐었다. 그의 팔은 심하게 화가 난 듯 근육을 드러내었다. 긴 시간 노동으로 단련된 목수의 팔뚝이었다.
 데스틴은 그동안 잊고 있었던 이날이 기억났다. 아버지가 다른 아저씨와 싸운 날이었다. 데스틴은 눈을 가리고 울었고, 아버지는 소리치며 싸웠다. 어렸던 그는 이런 상황 전부가 싫었다. 마을 사람들이 자기 가족을 어떻게 생각할지 걱정만 가득했었다. 아무것도 할 수 없는 어린 자신이 너무 답답했다.

「내가 왜 옳지 못하다는 거요? 당신 아들이 문제가 있으니 하는 말 아니오!」
「뭐요! 내 아들이 뭘 잘 못 했다고 그딴 소리를 하는 것이오! 잘못한 것은 그쪽이오! 아이에게 제대로 교육하지는 못할망정, 옳지 않은 행동을 가르치고 있소!」

 데스틴은 그곳에서 한 발자국도 움직이지 못하고, 눈물만 도로 눈으로 삼키었다.
 '이때부터 내 고통이 시작되었구나. 그동안 어릴 때의 일들도 다 잊고 있었어. 친구들에게 괴롭힘을 당하면서도 당당하게 말 한마디 못 했지…. 이때는 상처가 무엇인지도, 사람들이 왜 나를 그렇게 대하는지도 알지 못했어.'

「내가 뭐 틀린 말 한 건 아니잖소. 앞으로 우리 아이에게 가까이 못 오도록 해주시오.」

「방금 뭐라고 하셨소? 우리 데스틴에게 뭐라고 했소?」

「데스틴! 앞으로 우리 집 근처에 오지 말도록 하여라.」

데스틴은 아저씨와 친구들에게 당당하게 행동하지 못한 것이 후회되었다. 머뭇거리기만 한 자신의 모습이 부끄러웠다. 하지만 아직도 그는 자신을 아무것도 할 수 없는 아이라고 생각했다. 화만 내는 아버지의 모습을 지켜보는 것은 꽤 힘든 일이었다. 남들 앞에서 이것밖에 할 수 없었던 가족의 모습도 부끄럽기만 했다.

아버지와 아저씨가 데스틴으로부터 멀어졌다. 어른들이 모두 사라질 때쯤 순식간에 여러 명의 아이가 모였다. 아까 아저씨 뒤에 숨어있던 아이도 함께 왔다. 어디에 숨어있다가 이렇게 갑자기 나왔는지는 모르지만, 아이들은 곧장 데스틴을 둥그렇게 둘러쌌다. 급히 튀어나온 것치곤 완벽한 대형을 갖춘 것을 보니, 아이들의 협동심이 대단한 것 같았다.

「너 같은 괴물은 이 세상에서 사라져야 해! 꺼지라고!」
「아냐, 난 괴물이 아니야!」
데스틴은 자신을 놀리는 아이들에게 소리치며 울었다.
「또 괴물 왔대요. 괴물이다!」
「붙잡아 애들아! 괴물 왔다! 히히 괴물 잡자!」

 아이들은 데스틴을 둘러싸고 큰 소리로 놀려 댔다. 데스틴은 마치 구석에 몰린 토끼 같았다. 그 토끼를 쫓는 것은 다름 아닌 비슷한 크기의 또 다른 토끼들이었다. 토끼 얼굴에 얼룩이 있다는 이유만으로 여러 마리의 토끼들이 저절로 몰렸다. 그것은 하나의 생명체를 구석에 몰아넣기에 딱 충분한 명분이었다. 별다른 모의나 계획 없이 토끼몰이는 매번 성공적으로 진행되었다.
 '이 나쁜 놈들….'
 데스틴은 울면서 앞으로 천천히 걸어갔다. 나머지 토끼

들은 해맑게 웃으며 사뿐사뿐 뒤로 걸어갔다. 얼룩 토끼 한 마리가 여러 마리의 토끼를 밀어내는 것처럼 보였다. 나머지 토끼들은 놀림감을 찾은 기쁨을 표현하며 깡충깡충 뒤로 뛰어갔다. 얼룩 토끼가 구석을 벗어날 때쯤 한 토끼가 소리를 쳤다.

「애들아 여기 봐! 괴물이야, 괴물!」

한 토끼가 신호를 보내는 동시에 모든 토끼는 원래의 자리로 쏜살같이 돌아갔다. 그렇게 많던 토끼가 모두 어디로 갔나 싶을 정도로 순식간에 사라졌다.

데스틴은 아이들에게 둘러싸였던 어린 자신이 불쌍했다. 자신을 놀린 나쁜 아이들이 너무나도 원망스러웠다. 이젠 차라리 저런 나쁜 놈의 삶이 더 부러웠다. 남에게 고통을 줄지언정 고통 없는 삶을 살고 싶었다.

'왜 내 인생은 마치 그리다 만 그림 같을까. 내 인생은 아름답게 아니, 적어도 정상적으로라도 그려질 수 없었을까? 남들 인생은 아무리 못 그린 그림이라 해도 완성작으로 보일 텐데. 실패작 같은 내 인생…. 나도 남들처럼 평범한 삶을 살고 싶어. 남들처럼 정상적인 삶을 단 한 번만이라도 살아보고 싶다고.'

 기억을 따라 삶을 되돌아가는 여정은 매 순간 힘들었다. 길고 긴 날들 모두 힘들지 않은 날이 없었다. 그리고 그는 긴 여정의 끝이 얼마 남지 않았음을 인지했다. 그는 상처의 원인을 꼭 찾겠다는 다짐을 다시 하며, 조용히 남은 여정을 따라갔다.

- 상처의 행방

 많은 시간이 흘렀지만, 데스틴은 아직 상처가 난 원인을 찾지 못했다. 아직 단 한 번도 사고가 나거나, 누군가에게 해코지를 당한 적이 없었다. 그는 이쯤 되면 곧 상처가 생긴 이유를 알 수 있을 줄 알았다. 하지만 기억하지 못하는 것을 찾아내는 것은 쉬운 일이 아니었다.
 그의 몸은 점점 더 작아졌고, 이제 더는 걸을 수도 없었다. 매일 바닥을 기어 다니며 얼굴을 젖혀 들고 세상 모든 것을 관찰했다. 집이 점점 커지는 것처럼 느껴졌고, 그의 시력은 점차 떨어졌다. 거인의 집에 사는 늙은 난쟁이가 된 기분이었다. 바닥에서 올려다보는 모든 물건은 사뭇 다르게 느껴졌다.
 매일 데스틴은 온종일 잠을 잤고, 항상 모두가 잠들면 깨어나서 울었다. 커다란 거인은 품속에 난쟁이를 안았다. 엄마가 울고 있는 데스틴을 들어서 안는 순간, 아기는 천국에 온 듯 생긋생긋 웃으며 잠들었다. 한참 시간이 흘러 아기를 내려놓으면 금세 집 안은 온통 울음바다가 되었다.

 이런 날들은 데스틴의 기억에 남아있지 않은 날들이다. 그는 평생 이렇게나 가까이서 엄마의 얼굴을 쳐다본 적이 없었다. 엄마의 품속에 안긴 채로 그녀의 얼굴을 자세히 관찰했다. 모든 것이 흐릿하게 보여도 엄마의 이목구비만큼은 또렷하게 보였다.

 '어머니의 눈이 이렇게 생겼던가. 피부가 이렇게 고왔던가. 머리카락이 이렇게 길었나. 엄마는 정말 젊었구나. 나를 이렇게 쳐다보셨구나.'

 그는 세상에서 가장 빛나는 눈동자 속에 엄마의 미소를 가득 담았다. 그 빛은 아기의 눈동자가 내뿜는 것이 아니었다. 그녀의 환한 얼굴에서 나오는 빛이 눈동자에 머물렀을 뿐이었다.

 데스틴은 눈부실 정도로 밝은 미소를 보고 마음 한쪽이 저렸다. 사실 기억도 못 하고 있던 빛을 다시 발견한 것이지만 말이다. 그와 동시에 데스틴은 아무르의 미소가 갑자기 떠올랐다.

'참, 나를 이렇게 봐주는 사람이 또 있었지.'

엄마의 품은 참으로 따뜻했다. 평생 고통과 씨름하던 그에게 이곳은 천국과도 같았다. 평생 받아왔던 따가운 시선들은 더 이상 없었다. 유일하게 생존한 한 시선이 있었는데, 그것은 그를 따스하게 비추는 눈빛이었다.

동시에 그 품은 우주에서 가장 안전한 곳이었다. 두 개의 긴 인생 속에서 처음 느껴보는 완벽한 둥지였다. 순간, 인생은 고통뿐이라는 진리를 잊을 뻔했다. 자신의 인생 속에도 이렇게 행복한 순간이 있었다는 사실이 놀라웠다. 기억나지 않는 순간들 사이에 숨어버린 행복을 되찾은 소감은 이루 말로 표현할 수 없었다. 잊힌 그 행복도 자신이 주인에게 다시 발견될 줄 알았을까.

반면에 아버지의 모습은 눈에 띄지 않았다. 평생 아버지와 많이 대화한 적이 없어서 놀랄 일은 아니지만, 어린 아기 때부터 그랬다는 점이 조금 씁쓸했다. 아버지가 집에 머무르는 시간은 별로 없었다. 온종일 잠을 자는 데스틴이지만 그 사실을 모를 수가 없었다.

「그게 무슨 말도 안 되는 소리예요? 당신 탓 아니에요.」
「시끄러워! 모두 다 내 탓이야. 오늘도 나는 뷔에 나무를 온종일 베었다고. 그래서 내 아들이 이렇게….」

 허름한 작업복을 걸친 아버지가 어머니에게 큰소리를 질렀다. 이 고함은 굳은살로 가득 찬 그의 손바닥보다 더 거칠었다. 낡아서 찢어진 작업복은 붙어있던 톱밥과 함께 침묵을 지켰다. 바닥에 배를 깐 아기가 아버지의 바짓가랑이를 거머잡고 위를 쳐다보고 있다.
 데스틴은 아버지의 말을 듣고 깜짝 놀랐다. 대체 무슨 이야기인지 도통 알 수가 없었다.

「왜 그게 당신 탓이에요. 목수라는 직업이 어때서요?」
「모두 내 탓이라고 생각할 거야. 매일 내가 톱질한다고.」

아버지는 연신 이해할 수 없는 이야기를 했다. 동의할 수 없는 아내가 반대의 의견을 이어나갔지만, 그는 자신을 계속 자책했다.

「다른 사람들이 어떻게 보든 상관없어요. 우리가 행복한 게 중요하죠.」
「저런 상처를 지니고 앞으로 어떻게 살아. 사람들이 우리를 어떻게 보겠어.」

'또 나 때문에 싸우시는 건가? 아버지는 왜 본인 탓이라고 하는 걸까. 톱질하는 것과 상처가 무슨 관련이 있나?'

「너무 귀엽기만 한데요.」
「어찌 저렇게 아무것도 모르고 환하게 웃을 수 있을까.」

아버지는 발밑의 아들을 보고 심란한 표정을 지었다. 아버지는 데스틴을 들어 올리기는커녕 무뚝뚝하게 지켜만 봤다. 아기는 걱정될 정도로 목을 위로 젖혀 티 없이 깨끗한 미소를 보였다. 하지만 순수한 웃음이라는 옥에 커다란 상처라는 티가 있었다. 아버지의 눈에는 옥보다 티가 훨씬 크게 보였다.

「왜 그래요 또.」
「…….」

 그는 미간을 찌푸린 채로 아기를 계속 쳐다봤다. 조그마한 데스틴은 바닥을 밀며 뒤로 기어간다. 시선은 줄곧 아버지에게 고정한 채, 온 힘을 다해 바닥을 밀었다. 숨을 헉헉거릴 정도로 힘이 들었지만, 입가에 미소가 가득한 아기에게 그것은 중요하지 않았다. 아기의 엉덩이가 오동포동 씰룩대며 움직였다.
 순식간에 짧지 않은 거리를 뒤로 기어가 거실 한 가운데 도착했다. 내내 빙그레 미소를 짓던 아기는 곧 무표정이 되었다. 아기의 시선이 바닥에 떨어진 장난감을 향할 때쯤, 아버지는 아기의 옆모습을 보고 잠시 미소를 띠었다. 그것은 그의 몸에 쌓인 피로를 녹이기엔 충분했다. 하지만 아기는 그 찰나를 포착하지 못했다. 그 순간, 엄마의 목소리가 들려왔다.

「이제 오셨어요? 데스틴! 아빠 오셨네. 가보자.」
「나 왔어.」

 아버지는 손을 등 뒤로 뻗어 문을 열고 집을 나갔다. 문은 굳세게 닫혔고, 더는 집안에 목재 냄새가 진동하지 않았다. 다시 아버지의 길고 긴 부재가 시작되었다. 그는 오늘도 집을 나와 목공소를 향했다. 목수라는 직업 때문에 온종일 나무를 만져야만 했다. 그래서 그의 손에는 항상 물집이 가득했다.
 목공 일은 언제나 위험하고 힘든 일이다. 무겁고 거친 나무와 뾰족하고 위험한 톱이 그의 유일한 직장 동료였다. 허리에는 항상 칼과 니퍼가 달린 벨트를 차야만 했다. 한 손은 차가운 목재를 잡았고, 나머지 한 손은 더 차가운 톱을 들었다.

여러 가지 가구가 그의 손을 거쳐 목재가 되었다. 목재들은 다시 그의 손길을 따라 튼튼한 나무 한 그루가 되어 땅에 심어졌다. 목공소에서 가구를 분해하고 목재로 만들어, 그것을 다시 동쪽 숲으로 가져가는 것이 그의 일상이었다.

목공소와 마찬가지로 동쪽 숲도 아버지의 직장이다. 두 직장 모두 사람의 대화는 존재하지 않았다. 혼자서 사포질을 하고, 혼자서 톱질을 했다. 소리를 내며 떠드는 이는 나무와 목공 도구뿐이었다. 표정이 없는 아버지는 열심히 일만 한다. 어느 한군데 마음 놓고 기댈 곳이 없던 그는 두 직장에서 많은 시간을 보내야만 했다.

밑동이 잘린 나무 한 그루를 가져가, 땅에 박힌 본래의 나무 밑동에 다시 붙인다. 기적의 톱은 모든 것을 성공적으로 접합하였다. 잘린 뷔에 나무를 원래의 형태로 붙이며 아버지는 생각에 빠졌다. 무슨 생각을 그렇게 골똘히 하는지는 모르지만, 아들에 대한 고민인 것은 분명했다. 아버지는 오늘도 묵묵히 보이지 않는 곳에서 홀로 자신의 역할을 다했다.

한편 집에 남겨진 데스틴은 요람에서 긴 잠에 다시 들기 전에 오늘 일을 잊지 않도록 생각하고 또 생각했다.

'무언가가 있는 것이 분명해. 부모님이 역시 거짓말한 것이 아닐까? 대체 내가 언제 어디서 다친 걸까? 어머니도 모르는 무언가를 아버지는 알고 계신 걸까. 꼭 원인을 찾아내고 말겠다는 다짐, 여기까지 잊지 않고 가져왔어. 두 번의 긴 고통을 끝까지 참아내고, 반드시 모든 걸 알아내고 말겠어!'

데스틴은 오늘 찾은 단서를 잊지 않도록 집중하고 또 집중했다. 부모님이 나눈 대화가 무슨 뜻인지 전혀 알지 못했지만, 곧 상처의 원인을 발견할 수 있을 것만 같았다. 얼마 남지 않은 그의 시간은 멈추지 않았다. 미오조티스 목걸이의 여섯 번째 꽃이 드디어 망울을 맺었다. 활짝 핀 꽃은 이제 한 송이밖에 남지 않았다.

1. 죽음
- 끝
- 바다숲
- 와주

2. 첫 번째 꽃: 노년기
- 평범한 노인
- 입가의 상처

3. 두 번째 꽃: 중년기
- 그림을 지우는 사람
- 웃지 않는 사람
- 두 개의 관

4. 세 번째 꽃: 장년기
- 상처가 있는 딸
- 꿈이 있는 딸
- 상처가 없는 딸

5. 네 번째 꽃: 청년기
  - 후회
  - 상처의 관점
  - 점쟁이 포페트

6. 다섯 번째 꽃: 소년기
  - 마스크

7. 여섯 번째 꽃: 유년기
  - 괴물 아이
  - 상처의 행방

8. 일곱 번째 꽃: 유아기
  - 동쪽 숲
  - 평범한 아기

9.
  -
  -

8. 일곱 번째 꽃: 유아기

- 동쪽 숲

 섬섬 작아지던 데스틴의 몸은 드디어 한계에 도달했다. 노화에 끝이 있듯이, 동화에도 그 끝이 있었다. 오늘은 바로 데스틴이 낮의 바다숲에서 태어난 날이다. 그는 마치 더는 쪼개어지지 않는 마지막 단위, 그 최초의 모습을 되찾은 듯했다. 하지만 그는 아직도 상처를 가지고 있었다. 단 한 번도 마주하지 못한 태초의 모습을 평생 기다렸던 그는 마음의 준비를 했다.

오늘은 그가 밤의 바다숲 인생에서 보내는 마지막 날이다. 이날까지도 그에게 단 하나의 작은 사고도 일어나지 않았다. 상처는 역시 제자리를 굳건히 지키고 있었다. 데스틴의 인생 마지막 날인 오늘, 그는 어떠한 사고를 곧 마주할 것을 확신했다.

그동안 기다려왔던 그 순간이 다가오자 그는 마음이 떨려왔다. 대체 무슨 일이 생겼던 것인지, 누구 때문에 생긴 것인지 도통 감이 오지 않았다. 하지만 그 원인을 찾겠다는 다짐은 여전히 뜨겁게 불타올랐다.

데스틴은 이제 눈을 뜰 수 없었다. 감은 눈 위로도 느껴지는 빛은 너무나도 밝았다. 그가 느낄 수 있는 것은 소리와 감촉뿐이었다.

「응애- 응애-」

자신의 울음소리는 전혀 방해되지 않았다. 주변에 모든 것이 또렷하게 들렸다. 그래서 그는 걱정이 없었다. 두 가지 감각만으로도 평생 찾던 무언가를 곧 찾을 수 있을 것만 같았다.

부모님은 집을 나와 동쪽 숲으로 향했다. 그들은 데스틴을 품에 안고 뒷걸음질로 계속 나아갔다. 아기가 된 데스틴은 걸친 옷 하나 없이 부모님의 품속에 안겨있었다. 마지막 날까지 항상 걸쳐져 있던 미오조티스 목걸이가 오늘따라 더욱 귀찮게 느껴졌다. 목걸이에는 이제 단 한 송이의 꽃만이 남아있었다. 나머지 여섯 개의 꽃봉오리는 여전히 침묵을 지키고 있었다. 눈을 감고 있는 아기는 목걸이를 직접 볼 수 없었지만, 마지막 꽃 한 송이만 남았다는 것을 직감했다.

'이 목걸이는 귀찮을 정도로 평생 나와 붙어있었구나. 이제 한 송이만 남았겠구나. 내가 겪은 고통까지 모든 것을 간직하는 목걸이. 이 성가신 목걸이 때문에 평생 겪은 고통을 다시 마주했지. 됐어, 이제 나는 내 인생을 망가

트린 범인만 찾으면 돼! 이제 이 목걸이와도 안녕이다.'

 집을 나와 동쪽 숲으로 걸어가는 두 사람의 발걸음은 무거웠다. 숲에 가까워지니 이상한 소리가 들려왔다. 숲에 펼쳐진 나무들이 으스스한 소리를 낸 것이다. 나뭇가지들이 바람을 흔드는 소리였다. 나무들이 이들을 반기는 것인지 경계하는 것인지, 그 속내는 알 수가 없었다.

 아버지의 표정은 평소보다 많이 일그러져 있었고, 어머니도 역시 평온을 찾지 못했다. 눈이 감긴 데스틴은 그들의 표정을 볼 수 없었지만, 걱정 가득한 분위기를 느낄 수 있었다. 그들의 걸음보다 더 무거운 목소리가 들려왔다.

「이게 대체 무슨 일이야. 우리 아이가 어떻게 다친 거지?」
「여보, 우리 아이 어떡하죠? 이 상처를 가지고 평생 살아가야 할 텐데….」
「응애- 응애-」

품속의 아기는 크게 울면서도 부모님의 대화를 자세히 들었다.

 '갓 태어난 내가 듣지 못하는 줄 알고 계셨겠지! 대화를 잘 들으면 알 수 있을 거야. 누가 나에게 상처를 냈는지, 어떤 사고가 난 것인지 곧 알게 되겠지.'

 그들은 결국 동쪽 숲 탄생의 우물에 도착했다. 우물가는 매우 고요했다. 더는 나뭇가지와 바람이 실랑이하는 소리가 들리지 않았다.

 '드디어 여기 우물까지 도착했구나. 여기까지도 아무 일이 없었어. 바로 지금이야, 나에게 빌어먹을 상처를 만든 게 누구냐!'

「이설 어쩐다. 게다가 우리 아기 왜 이렇게 눈물을 많이 흘리지? 어디가 아픈 건가?」

「아기 때부터 상처를 가지고 태어났다는 사람은 평생 들어보지 못했어요!」

「이게 무슨 일이람. 왜 상처가 있는 거지?」

「어머나! 여보, 우리 아이 입에 큰 상처가 있어요. 이게 어떻게 된 일이죠?」

 부모님은 깜짝 놀란 목소리로 소리쳤다. 탄생의 우물 근처에 가족 세 명 말고는 아무도 없었다.
 '누군가 다른 사람은 없는 것 같은데? 뭐야, 진짜 내가 태어날 때부터 상처가 있었던 거야? 아닐 거야. 이건 거짓말이야. 아니면 부모님이 나를 바닥에 떨어트렸나? 상자에서 꺼낼 때 다친 건가? 대체 뭐야? 누가 한 짓이야?'
 어머니는 데스틴을 조심히 나무 상자 안에 집어넣었다. 아기가 손에서 떨어지지 않게 조심조심 상자 바닥에 내려두었다.

「그래, 당신이 조심히 꺼내.」
「여보, 우리 아이예요! 아들이에요!」
「응애- 응애-」

'뭐야, 아무 일도 안 일어나잖아? 그럼 대체 상처는 언제 생긴 거지? 아닐 거야, 곧 누군가가 나에게 상처를 남길 거야. 이제 내 인생도 얼마 남지 않았어! 꼭 원인을 찾아내고 말 거야!'

 아버지는 조심히 나무 상자 뚜껑을 덮었다.

「저기에 상자가 떠올랐어요. 여보!」

데스틴은 작은 상자에 갇혀 탄생의 우물 깊은 곳으로 가라앉았다.

 '이대로 정말 나는 끝인가? 아니, 정말 상처를 가지고 태어났단 말이야? 진짜 범인이 없었던 거야? 부모님의 믿음이 거짓이 아니라 신실이었어? 대체 왜 나만 상처를 가지고 태어난 거야!'

 탄생의 우물 깊은 곳으로 가라앉으며 데스틴은 절망에 빠졌다.

- 평범한 아기

 데스틴은 우물 깊은 곳으로 가라앉았다. 이제는 철벅거리던 물소리도 들리지 않았다. 애초부터 눈을 감고 있었지만, 그의 시야는 더욱 어두워져 갔다. 이제 남은 빛이 얼마 남지 않았다는 것을 느낄 수 있었다. 그는 가장 어둡고 차가운 곳으로 돌아갔다.
 '진짜 내가 상처를 가지고 태어난 것이라면, 난 대체 누구 탓을 해야 하는 거야? 너무 억울하다. 이해할 수가 없어. 너무 답답해서 속이 터질 것 같아! 도대체 왜 나만 다르게 태어난 거야! 이 상처 때문에 내 인생 전부가 망가졌어. 부모님, 아내, 딸, 친구, 사람들 모두 원망했다고! 게다가 나 자신까지….'
 우물 속 깊은 곳은 차가운 바닷속처럼 어두컴컴했다. 마지막으로 얼마 남지 않은 미세한 빛을 어렴풋이 느끼며, 데스틴은 자신의 인생을 되돌아봤다.

감은 두 눈 위로 부모님의 모습이 떠올랐다. 그는 새까만 배경 위로 두 분의 얼굴을 마음이라는 붓으로 그렸다. 그들은 데스틴을 보며 환하게 미소 짓고 있었지만, 서글픈 눈동자를 지니고 있었다. 데스틴은 여태까지 그 눈동자의 의미를 오해하고 있었다. 자신을 속여서 미안해하는 눈빛이 아니라, 자신을 진심으로 걱정하고 우려하던 눈빛이었다는 것을 뒤늦게 깨달았다.

 그러자 눈 위로 그린 부모님의 모습이 평소와는 다르게 느껴졌다. 자신보다 더 답답했을 부모님의 마음을 생각하니, 그도 모르게 쌓여왔던 후회의 파도가 밀려왔다. 돌아가시기 직전까지 자신을 위해 미소를 보였던 부모님이 생각났다. 얼마나 무거운 마음을 가지고 바닷속으로 들어가셨을지 그는 감히 가늠하지도 못했다.

 '어머니, 아버지. 죄송해요…. 끝까지 부모님을 믿지 못한 나 자신이 정말 한심해요. 평생 이런 나를 보면서 어떤 생각을 하셨나요? 답답한 내 모습을 보며 어떤 감정을 느끼고 살아오셨나요. 이 모든 건 부모님 탓이 아니었어요. 돌아가시기 전날 밤, 함께 저녁 식사를 하지 않아 죄송해요. 단 한 번만이라도 함께 식사하고 싶어요. 이미 늦었지만….'

 곧이어 그는 밝게 웃고 있는 아무르를 그렸다. 검정 캔버스 위에 그려진 그녀는 해진 회색 옷과 초록색 앞치마를 두르고 있다. 방금 장사를 마치고 막 집에 돌아온 모습 같았다. 그녀 주위로 느껴지는 피로감은 자신을 쳐다보는 이를 위해 웃는 미소에 가려졌다. 앞치마는 여러 가지 채소의 향기를 간직했다. 평생 그가 싫어했던 채소의 냄새가 이제는 그리웠다. 그녀 뒤로 벽이 하나 보인다. 그녀와 살던 방 안의 벽이었다. 그 벽에는 커다란 그림이 있었다. 이 모든 것이 뚜렷하게 보였다. 아무 조건 없이 평생 자신을 믿어준 아내가 너무나도 보고 싶었다.

 '아무르, 당신이 그리워. 난 그저 어리석게만 살아왔어. 당신이 내 옆에 있을 때, 비로소 나는 삶이라는 것을 살았던 거야. 항상 부정해왔지만 마음속 깊이 당신이 언제나 보고 싶었어. 그리워 당신이. 매일 나를 바라봐주던 당신, 내 상처를 보고도 날 사랑했던 당신. 누구나 이 상처를 보면 달아나기 바빴는데, 어떻게 평생 나와 살 수 있었던 걸까. 신혼 때 당신과 함께 내 꿈을 벽에 그릴 때가 내 인생의 가장 행복한 순간이었어. 나는 당신에게 아무것도 해준 것이 없는데, 당신은 나에게 모든 것을 주었어. 항상 당신의 미소가 떠올랐어. 죽기 전에 단 한 번만, 딱 한 번만 당신을 보면 소원이 없겠어.'

 아내의 모습 옆으로 귀여운 딸이 보였다. 크기의 끝을 알 수 없는 검은색 캔버스는 순식간에 딸의 여러 모습을 그려낸다. 어린 딸의 모습부터 자라나는 모습, 어른이 된 모습 모두가 지나갔다.

 '내 딸 슈와야. 너만큼은 나처럼 살지 않길 바랐는데, 내가 다 망친 것 같구나. 너의 이름을 그렇게 지어주고도 나 때문에 불행한 삶을 살지 않았을까 후회가 된단다. 너를 볼 면목이 없어. 다시 볼 수 없겠지만, 다시 보고 싶단다. 내 딸.'

 눈앞의 모든 그림이 사라져갔다. 칠흑의 그림자가 모든

그림 위를 덮었다. 가족들의 모습이 지워져만 갔다.

'지금 생각해보면 내 인생에도 정말 소중하고 행복한 순간들이 많았는데, 왜 나는 불행한 순간들만 기억하고 있었던 걸까. 따뜻한 품속에서 사랑받고 자라며 부모님과 보냈던 행복한 시간, 아무르를 만나 사랑에 빠지고 함께 가정을 꾸려나간 순간들, 순식간에 쑥쑥 크던 딸의 미소를 보며 함께 놀았던 나날들. 이 모든 순간이 전부 행복이었다는 것을 이제 깨달았어.'

머릿속으로 그들을 그리는 것도 이제 마지막이라는 것을 깨달은 데스틴은 마음이 몹시 아파졌다. 그에게 허락된 시간은 얼마 남지 않았다. 그림 속의 사람들은 검은 지우개로 지워져 갔다. 가족들의 얼굴, 표정, 모습이 점차 보이지 않게 되었다.

'모두를 사랑하고, 모두를 아꼈어야 했는데. 어머니, 아버지. 부모를 믿지 않았던 못난 아들을 용서해주세요. 그렇게 저를 사랑해주셨는데 저는 부모님만 원망했어요. 아무르, 당신의 말이 맞았어. 내가 가진 진짜 상처는 나

스스로 만든 마음속의 상처였던 거야. 조금 더 당신을 사랑했어야 했는데. 조금 더 당신에게 고마워하고, 따뜻하게 말했어야 했는데. 당신이 보여준 사랑의 십 분의 일이라도 백 분의 일만큼이라도 내가 표현했어야 했는데. 사랑한다고 말했어야 했는데… 모두 다 내 잘못이야. 나 같이 못난 놈을 사랑해줘서 고마워… 여보. 진심으로 미안해, 진심으로 사랑해. 내 딸 슈와야. 이 못난 아비를 용서해다오…. 내가 너의 인생까지 불행하게 만들었구나. 너만은 상처 없이 살았으면 했는데, 마음의 상처를 내가 만들었구나. 용서해다오…. 단 한 번만, 우리 가족 다섯이 같이 모여 저녁 식사를 했으면… 단 한 번만이라도….'

데스틴은 지워져 가는 그림을 다시 마음으로 그리고 또 그렸다. 그는 한순간이라도 더 가족의 모습을 눈 위에 그리고 싶었다. 하지만 흐려져 가는 의식은 그의 미술 활동을 허락하지 않았다. 그려내는 속도가 지워지는 속도를 따라잡지 못했다. 그는 흐릿해지는 의식을 꽉 붙들며 가장 깊은 곳으로 가라앉았다.

'왜 나는 두 번째 인생을 겪은 것일까. 상처를 지니고 태어났다는 사실을 직접 확인하라는 걸까? 남 탓만 하며 살던 나를 벌하려고? 내가 사랑했던 모든 사람을 다시 만나고 싶다. 모든 사람에게 용서를 빌고 사랑을 말하고 싶어… 하지만 그럴 수가 없어…. 너무 마음이 아프다…. 사는 내내 받던 고통보다 지금이 더 고통스러워. 모두 다 내 잘못이었던 거야… 왜 나만 상처를 가지고 태어난 것일까. 도대체 왜….'

마지막 남은 한 송이의 꽃이 자신의 차례를 기다려왔다는 듯 바로 꽃잎을 닫았다. 이제 모든 꽃이 단단한 꽃봉오리가 되었다. 일곱 개의 꽃봉오리는 모두 침묵을 지켰다. 그렇게 데스틴은 자신의 삶을 마감하였다.

1. 죽음
- 끝
- 바다숲
- 와주

2. 첫 번째 꽃: 노년기
- 평범한 노인
- 입가의 상처

3. 두 번째 꽃: 중년기
- 그림을 지우는 사람
- 웃지 않는 사람
- 두 개의 관

4. 세 번째 꽃: 장년기
- 상처가 있는 딸
- 꿈이 있는 딸
- 상처가 없는 딸

5. 네 번째 꽃: 청년기
  - 후회
  - 상처의 관점
  - 점쟁이 포페트

6. 다섯 번째 꽃: 소년기
  - 마스크

7. 여섯 번째 꽃: 유년기
  - 괴물 아이
  - 상처의 행방

8. 일곱 번째 꽃: 유아기
  - 동쪽 숲
  - 평범한 아기

9. 탄생
  - 와주
  - 시작

9. 탄생

- 와주

 우물 속 깊이 그 끝에 가까워진 데스틴은 죽음이 영역에 도달하게 되었다. 기차가 회귀역에 도착한 듯 모든 것이 고요하게 멈췄다.
 '이렇게 나는 끝나는구나.'
 완전히 사라져가는 그의 의식 속으로 칼처럼 뾰족하고

날카로운 소리가 들려온다. 이 소리는 목에 걸려있는 미오조티스 목걸이만큼이나 거칠었다.

「찌지직- 찍찍- 찌---」

'또 와주의 지저귐 소리군.'
 와주의 소리를 들은 데스틴은 두 개의 인생 한가운데서 들었던 그 음성이 떠올랐다. 이제 마지막으로 묻고 따질 곳은 그 음성밖에 없다는 것을 알았다.
 날카로운 소리가 들리는 동시에 데스틴은 입가의 상처가 바닷물에 녹아 사라지는 것을 느꼈다. 깜짝 놀란 데스틴은 작은 손으로 입가를 만져보았다. 흉측하고 껄끄러운 입가의 상처가 정말 느껴지지 않았다. 떨리는 손으로 입술을 만져보았다. 처음 느껴보는 매끈한 감촉이었다. 그는 자신의 보드라운 피부가 믿어지지 않았다. 상처가 없는 얼굴을 한순간만이라도 보고 싶었지만, 그는 볼 수 없었다. 그때 손에 무언가가 닿았다. 바로 미오조티스 목걸이였다. 목에 걸쳤던 목걸이는 아직 녹지 않고 제자리를 지키고 있었다. 일곱 개의 꽃봉오리는 여전히 침묵을 지키고 있었다.

'뭐지? 왜 상처가 사라진 거지? 상처를 만든 게 바로 그 음성의 주인인가?'

「찌지직- 찍찍- 찌---」

작은 상자 속에서 끊임없이 울리는 와주의 지저귐 소리는 곧 사람의 언어로 바뀌어 데스틴의 귓가에 닿았다.

「여기는 가장 깊은 곳이다.」
「저는 이제 진짜 죽는 것인가요?」
「그렇다. 너는 이제 죽는다.」
「죽기 전에 한 가지만 물어봅시다. 대체 왜 나만 상처를 가지고 태어난 겁니까? 왜 지금 상처가 사라진 것입니까? 당신이 만들었나요? 난 그것도 모르고 평생 나를 저주하고, 나를 사랑했던 모든 사람을 거부했어요.」

「그 질문의 대답은 네가 하여라.」

「아니, 내가 몰라서 물어보는데 내가 어떻게 대답을 합니까! 대체 누가 만든 겁니까! 대체 왜 나를 이렇게 만든 겁니까!」

「이제 너의 밤의 바다숲 인생은 끝이 났다.」

「제 질문에 대답부터 하세요! 그따위 죽음보다 지금 이게 더 중요해요!」

화가 난 데스틴은 답답한 마음으로 계속 질문할 수밖에 없었다.

「너는 낮의 바다숲, 밤의 바다숲 두 가지의 같은 인생을 살면서 많은 것을 보고 들었다. 이제 너는 다시 낮의 바다숲으로 간다. 바로 서쪽 숲 탄생의 우물에서 새롭게 태어날 것이다. 인생을 두 번 겪은 그대들이 이곳으로 돌아오면, 나는 매번 새로운 삶을 그대들에게 건넨다. 이때까지 그래왔고, 앞으로도 그럴 것이다. 이것은 나의 큰 배려다.」

「두 가지 인생이 끝이 아니에요? 제가 또다시 태어난다고요? 또 이 상처를 가지고 태어나야 하나요? 싫습니다! 절대 그럴 수는 없습니다. 더는 억울한 삶을 살 수 없어요!」

「이제 너는 작은 나무 상자와 함께 낮의 바다숲 탄생의 우물 위로 떠오를 것이다. 그 전에 네가 목에 걸친 미오조티스 목걸이는 물에 녹아 사라진다. 인연을 간직하는 목걸이가 너와 함께 했기에, 너는 밤의 바다숲에서 같은 인생을 살게 되었다. 이제 목걸이는 사라져 없어질 것이니, 너는 모든 인연을 잃을 것이다. 끝이 있으면 시작도 있는 법. 너는 새로운 부모를 만나고, 새로운 배우자를 만나며 새로운 자식을 만날 것이다. 새롭게 만나는 인연과 새로운 인생을 살도록 하여라. 여기까지의 모든 여정은 곧 너의 기억에서 전부 사라질 것이다. 이것은 나의 마지막 작은 배려다.」

「우리 가족이 아니라, 다른 사람들을 만나야 합니까? 그럴 수는 없습니다. 저를 사랑해준 그들을 다시 만나고 싶습니다. 이 목걸이는 그대로 두십시오. 저는 부모님 그리고 아내 아무르, 사랑하는 딸 슈와를 꼭 다시 만나야 합니다. 제가 못 했던 말들, 못 했던 것들을 다시 하고 싶어요. 꼭 그래야만 해요. 나를 사랑해준 사람들을 다시 만나고 싶어요. 다른 부모, 다른 아내, 다른 자식은 필요 없어요. 나는 내 부모님, 아무르, 슈와가 필요해요! 제발 그렇게 해주세요! 제발….」

「그럴 수는 없다. 물에 녹지 않는 것은 너의 몸뚱이뿐이다. 모든 것은 사라진다. 곧 너의 모든 기억도, 일곱 개의 꽃봉오리도 모두 사라질 것이다. 잘 가거라.」

「안돼요! 제발 우리 가족을 다시 만날 수 있게 해주세요! 제발….」

데스틴은 눈물을 흘리며 울부짖었다.

「찌지직- 찍찍- 찌---」

「제발 부탁해요! 내가 기억을 잃더라도 내 가족을 다시 만나게 해주세요!」

「찌지직- 찍찍- 찌---」

 데스틴 귀에 더는 사람의 언어가 들리지 않았다. 그저 와주의 지저귐이 다시 들릴 뿐이었다.

 '죽음으로 끝나는 것이 아니라 다시 태어나야 한다니. 안 돼. 이렇게 기억을 모두 잃고 다시 태어날 수는 없어. 기억을 잃더라도 나는 날 사랑해줬던 가족들을 다시 만나야만 해! 어머니, 아버지… 아무르… 내 딸 슈와야! 정말 미안하고 사랑해…. 결국 모든 것이 사라진다니, 아무 것도 힐 수 없다는 게 너무 슬프나….'

 모든 이와 이별을 했던 데스틴은 다시 새로운 이와의 만남을 준비해야 했다. 그는 모든 만남을 이뤘고 모든 이별도 다시 이뤘다. 그의 소명은 그렇게 완료되었다. 그는 펑펑 울었다. 줄기차게 눈물을 흘렸다.

'상처 하나 없는 몸뚱이를 드디어 가지게 되었는데, 이젠 아무런 의미가 없구나. 곧 모든 것은 녹아 사라지고, 내 몸뚱이만 남겠지. 못난 나를 사랑해준 모두를 단 한 번만이라도 다시 봤으면….'
 데스틴은 아주 펑펑 울었다. 얼굴은 눈물범벅이 되었다. 그 순간 데스틴이 들어있는 작은 상자가 움직이며 조금씩 위로 떠올랐다.
 '그 빌어먹을 상처 때문에 나를 사랑해준 사람들을 제대로 사랑하지 못했어. 아무 이유도 없이 상처는 대체 왜 생긴 거야? 그 질문에는 내가 대답하라는 게 무슨 뜻이지?'
 그 순간 그는 온몸으로 무언가를 깨달았다. 마음속 깊이 그들을 그리워하고 사랑하고 있는 자기 자신을 발견했다. 평생 느껴보지 못한 사랑의 감정이 그의 온몸을 둘러쌌다. 그때 데스틴의 머릿속에 한 가지 슬픈 생각이 번쩍하고 스쳐 지나갔다.

'아! 바로 나구나!'

데스틴은 작은 손으로 목에 걸려있는 미오조티스 목걸이를 힘껏 풀어내었다. 아기는 젖 먹던 힘을 다해 뾰족한 목걸이를 입안으로 삼켰다. 작은 입이라 한 번에 들어가지 않았다. 하지만 데스틴은 최대한 입을 크게 벌려 목걸이가 녹기 전에 얼른 삼키려고 노력했다.

꽃봉오리 하나를 삼키는 것도 힘들어 보였다. 날이 선 꽃받침이 입술을 스쳐 지나갔다. 뾰족한 줄기와 잎들이 데스틴의 입가를 찢어놓았다. 아기의 입가에는 피가 철철 흘렀다. 붉디붉은 피가 물에 섞여 상자 밖으로 흘러나갔다. 아기는 너무 고통스러웠지만 참고 또 참았다.

뾰족한 줄기는 채찍이 되어 입가를 찢어냈다. 거친 꽃봉오리기 입술 위아래를 사정없이 찍어 눌렀다. 입이 삭아 다 들어가지 못해 삐져나온 잎들은 입술 왼쪽부터 볼까지 곡선을 그리며 자신들의 흔적을 남겼다. 아기는 단 하나의 꽃봉오리도 잃지 않도록 최선을 다해 모든 것을 삼켰다. 결국, 일곱 개의 꽃봉오리가 모두 입속으로 들어갔다. 마지막으로 남은 줄기의 끝이 입속으로 빨려 들어가며 입술의 오른쪽 살점을 떼어냈다.

 그렇게 그는 목걸이를 전부 삼켰다. 데스틴의 입가에는 흉측하고 징그러운 상처가 생겼고 얼굴은 눈물범벅이 되었다.

 '모든 기억을 잃더라도 나는 내 인연을 간직하겠어. 사랑하는 그대들을 다시 만나고 싶어요. 날 사랑해줘서 정말 고마워요.'

 그렇게 데스틴은 기억을 잃었다.

- 시작

 오늘은 동쪽 숲에서 아기가 태어나는 날이다. 와주의 지저귐 소리를 어제 들었다던 한 부부가 탄생의 우물 앞에 서 있다. 그때 탄생의 우물에 작은 나무 상자 하나가 떠올랐다.

「저기에 상자가 떠올랐어요. 여보!」
남편은 조심히 나무 상자 뚜껑을 열었다.
「응애- 응애-」
「여보, 우리 아이예요! 아들이에요!」
「그래, 당신이 조심히 꺼내.」

 아내는 아기를 조심히 나무 상자 안에서 꺼내었다. 아기가 손에서 떨어지지 않게 조심조심 품속에 안았다. 부부는 아기를 보고 깜짝 놀랐다.

「어머나! 여보, 우리 아이 입에 큰 상처가 있어요. 이게 어떻게 된 일이죠?」

「이게 무슨 일이람. 왜 상처가 있는 거지?」

「아기 때부터 상처를 가지고 태어났다는 사람은 평생 들어보지 못했어요!」

「이걸 어쩐다. 게다가 우리 아기 왜 이렇게 눈물을 많이 흘리지? 어디가 아픈 건가?」

- 시작 -

6. 다섯 번째 꽃: 장년기

- 상처가 없는 딸

- 꿈이 있는 딸

- 상처가 있는 딸

7. 여섯 번째 꽃: 중년기

- 두 개의 관

- 웃지 않는 사람

- 그림을 그리는 사람

8. 일곱 번째 꽃: 노년기

- 입가의 상처

- 평범한 노인

9. 죽음

- 끝

1. 탄생

- 시작

2. 첫 번째 꽃: 유아기

- 동쪽 숲

3. 두 번째 꽃: 유년기

- 상처의 존재

- 괴물 아이

4. 세 번째 꽃: 소년기

- 마스크

5. 네 번째 꽃: 청년기

- 점쟁이 포페트

- 상처의 관점

- 선택

에필로그

0. 숨겨진 꽃

 데스틴을 꿀꺽 삼킨 바다의 트림 소리를 뒤로, 그는 이제 이곳에 없었다. 하늘 높게 떠 있는 태양 아래, 아무르와 슈와는 에드가 마을의 시장으로 걸어갔다. 방금 남편을 떠나보낸 노인은 등이 굽어 걷는 것도 힘에 겨웠지만, 딸과 함께 터벅터벅 먼 길을 걸어갔다. 한동안 말이 없었던 슈와는 오랜만에 입을 열었다.

「엄마는 왜 아빠랑 결혼했어?」
「참, 평생 그런 이야기는 하지도 않더니. 우리 딸, 갑자기 왜 그게 궁금해졌어?」
「아니, 그냥. 이상하잖아. 엄마는 다른 사람과 결혼할 수 있었을 텐데. 힘들게 살아온 엄마 인생도 알아주지 않는 아빠랑 왜 살게 된 거야? 아빠는 엄마 아니었으면 결혼도 못 하고 살았을 텐데.」

「엄마도 아빠 아니었으면 결혼 못 했어. 아빠는 표현을 못 해서 그렇지, 정말 순수하고 착한 사람이야. 엄마는 아주 어릴 적 레투스 공원에서 아빠를 처음 만났어. 한 어린 소년이 공원에서 꽃에 물을 주고 있었지. 꽃에서 연못까지 거리가 꽤 멀었는데, 그 조그만 물그릇을 들고 계속 왔다 갔다 반복했단다. 게다가 시들어가는 꽃들만 골라서 물을 줬어. 누구도 신경 쓰지 않던 것들을 아빠는 보살펴주고 배려했어. 비록 자신은 소외당했지만, 소외당하는 것들에 마음을 쓰는 모습이 엄마는 무척 좋았단다.」

바닷가에 있는 나무들을 한참 지나오니, 저 멀리 에드가 마을의 입구가 보였다. 하지만 딸의 질문은 아직 멈추지 않았다.

「아빠가 어릴 때 모습은 정말 달랐나 봐. 하지만 아무리 그래도 엄마의 인생을 다 바칠 정도로 아빠가 좋았어? 주변 사람들의 시선도 있었을 텐데.」

「주변 사람들이 다 말렸지만, 엄마는 아빠를 참 좋아했어. 네 아빠는 사랑이 필요한 사람이었고, 충분히 사랑받을 자격이 있는 사람이었어. 그러다 포페트 할머니를 만나고 난 뒤에 결혼에 대한 확신이 들었지.」

「그 할머니는 이상하다고 소문이 자자하던데, 점쟁이 할머니가 엄마한테 뭐라고 했어?」

「엄마는 원래 결혼에 관심이 없었어. 그래서 진정한 사랑을 찾는 방법을 점쟁이에게 물어봤지. 할머니는 이렇게 대답했어. 그에게는 사랑의 표식이 있다고. 그 표식만이 둘을 연결해 줄 것이라고. 무슨 말인지 이해되지 않았지만, 직감적으로 그 사람은 바로 아빠라는 것을 깨달았어. 그래서 결혼에 확신이 들었고, 그때부터 지금까지 줄곧 네 아빠를 사랑했단다. 엄마도 아빠 아니었으면 결혼 못 했어.」

대답이 끝날 무렵, 아무르와 슈와는 마을 입구에 도착했다. 그곳엔 그들을 기다리던 한 남자가 있었다. 바로 데스틴의 어릴 적 친구인 아미였다.

「데스틴은 잘 배웅해주고 오셨소?」
「네, 덕분에 잘 다녀왔어요.」
「가게에 준비는 다 되었소. 그림을 벽에 걸고, 마을 사람들을 안으로 들여보냅시다.」
「감사해요. 그이도 먼 곳에서 모두를 지켜볼 거예요.」

아무르는 딸과 함께 곧바로 채소 가게로 갔다. 그들이 가게에 도착했을 때, 가게 앞은 수많은 사람으로 북적였다. 아까 마을 입구에서 데스틴을 배웅할 때 모였던 사람들이었다. 다시 가게 앞에 모인 사람들에게 아무르가 큰 목소리로 말하였다.

「처음이자 마지막으로 남편의 전시회를 엽니다. 그이를 배웅해주시고, 다시 이곳까지 찾아와주셔서 감사합니다. 우리 남편도 저 먼 곳에서 지켜보고 있을 겁니다. 남편의 꿈을 이루어준 모든 분에게 감사드립니다.」

 사람들은 별다른 말이 없었다. 그들은 아무르가 가게에 들어갈 수 있게 해주길 기다릴 뿐이었다. 가게의 모습은 평소와 아주 달랐다. 채소를 담고 있던 상자들은 보이지 않았고, 바닥은 깨끗하게 청소되어 있었다. 건너편에 있는 아미의 식료품점에는 채소 상자들이 가득했다.
 아미는 자신이 옮겨 놓았던 상자들 사이를 비집고 들어갔다. 평소 데스틴 몰래 그림 몇 개씩을 사가던 아미는 전시회를 위해 가지고 있던 모든 그림을 꺼내었다. 그는 액자 여러 개를 안은 채로 다시 가게 밖으로 나왔다. 그리고 채소 가게의 허름한 벽에 모든 그림을 걸었다.
 가게 입구 양쪽에는 오래된 두 개의 기둥이 있었다. 색이 하얗게 바랜 기둥은 살짝 금이 가 있었고, 기둥 위에는 에메랄드빛 허름한 천이 장식되어 있었다. 채소의 향이 아직 다 빠지지 않았지만, 이곳은 엄연히 미술 전시장이었다.

사람들은 전시장에 들어와 벽에 걸린 그림을 감상했다. 모든 그림이 다 비슷하게 보였다. 마치 똑같은 그림을 여러 군데 걸어놓은 듯했지만 자세히 보면 조금씩 다른 점이 있었다. 그림은 어떤 곳의 지도 같기도, 풍경화 같기도 했다. 한가운데에는 가로로 길쭉한 갈색의 덩어리가 위아래로, 두 개 그려져 있었다. 그림의 전체적인 분위기는 매우 음침했다. 갈색 덩어리는 마치 땅처럼 보였고, 그 뒤로 검은 선들이 휘어진 듯 마구 그려져 있었다. 그림은 두 개의 덩어리 사이를 중심으로 데칼코마니처럼 위아래가 대칭되어 있었다. 굳이 말하자면, 위는 더 밝았고 아래는 조금 어두웠다.

사람들은 그곳에 서서 작품들을 자세히 관찰했다. 갈색의 땅 위아래로 둥그런 원이 하나씩 그려져 있었고, 땅의 양쪽 끝에는 또 위아래로 나무 같은 것들이 줄지어 있었다. 주변에 그려진 모든 것들은 하나도 빠짐없이 모두 날카로웠다. 땅의 오른쪽으로는 파도 같은 것들이 곡선을 그리며, 각각의 땅 두께만큼 캔버스의 오른쪽 끝까지 길게 그려져 있었다. 왼쪽으로는 땅이 액자의 끝에 닿아 마치 땅의 단면이 잘린 것처럼 뚝 끊겨있었다. 사람들은 바다와 숲 그리고 땅을 그린 그림이라고 생각했다.

 사람들은 궁금했다. 데스틴이 왜 바다숲을 이렇게 어둡게 그렸는지, 왜 비슷한 그림을 평생 그려왔는지. 그리고 왜 바다숲을 위아래로 그린 것인지. 하지만 아무도 그 이유는 알 수 없었다. 모든 그림에는 제목이 적혀있지 않았다. 데스틴은 작품에 제목을 붙인 적이 없었다. 마을 사람들은 모든 그림 하나하나를 오랫동안 감상했다. 그렇게 그들은 데스틴을 추모했다.

 많은 시간이 지나 감상을 마친 사람들이 모두 전시장을 떠났다. 아미는 자신이 걸었던 그림을 모두 가져갔고, 아무르와 슈와는 자세를 정리했다. 길고 길었던 하루를 마무리하며 딸이 엄마에게 말했다.

「사람들이 아빠 그림을 보면서 제목을 묻던데, 나도 알 수가 없었어. 대체 아빠가 무엇을 그린 건지도 모르겠는데 말이야. 혹시 엄마는 제목이 뭔지 알고 있어?」

「그럼, 알고 있지. 우리 딸 이름이 선택이라는 뜻을 가진 것처럼 모든 그림에는 뜻이 있단다. 그건 엄마만 알 수 있어. 나만 알아볼 수 있어.」

「그게 뭔데? 제목이 뭐야?」

「상처.」

바다숲

바다숲
쫀하너b

바다숲

1판 1쇄 발행 2020년 12월 11일

지은이 김준호
펴낸이 서형열 | **펴낸곳** 한평서재
디자인 서민재
북커버 KUSH
교정교열 안현옥
출판등록 2020년 2월 20일 제352-2020-000004호
전자우편 spc4seo@gmail.com

ⓒ 김준호, 2020
ISBN 979-11-970622-2-3

- 이 책은 저작권법에 따라 보호받는 저작물입니다.
- 이 책의 무단 전재와 복제를 금합니다.
- 잘못된 책은 바꾸어 드립니다.
 (일부 네이버 나눔글꼴이 적용되어 있습니다.)